上海社會的奇聞醜事，
以 [illegible] 劇
張 [illegible]

愛力圈外

女性身上掛有種種枷鎖，那男人呢？
張資平在民初為女性的戀愛自由大膽發聲，
控訴這病態的社會——它竟讚美女性的「犧牲」！

目錄

一

我想詳細地告知你們，我是什麼樣人。現社會不是在苛酷地批判我，說我是無廉恥的女性，犯淫奔罪的婦人麼？我現在是站在死線上的人了。我想在未死之前，把我的過去的悲慘歷史告訴你們，使你們知道現社會之無公是非，有一般輿論也是完全不可靠的。他們這樣嚴酷地批判我，所根據的是什麼呢？

當然是所謂當世的道德！但是你們若聽了我的悲慘的歷史之後，就知道舊道德之應當打破，全無一顧之價值啊！

你們要知道，能夠決心自殺的人絕不是個惡人。世界上不少窮凶極惡犯盡滔天大罪的人，但到了生死關頭大都不情願捨棄他們的生命。如果他們有自殺的決心，那麼我敢斷言，他們所犯的罪一定是萬惡的現社會使然，他們本身並無情願去犯這種罪惡的。

現在我先從我的家世說起吧。你們已經知道我的父親在社會上有相當地位的人，說滑稽一點，我算是個生長名門的小姐。我的父親，祝萬年，在前清是個舉人，辛亥革

一

命後也做過兩任省長，入過一次閣做總長，他是溫和長厚的人，做事也落落大方。他的缺點只是熱心於升官發財，而對於家庭的管理，子女的教育全不過問，一切只委之於我的母親。我的母親出身微賤——不瞞大家說，我的母親是勾欄中人，父親在××道任內，替她落了籍，嫡母死後，就升作正室了，——脾氣不好，容易動怒，並且愛說閒話。父親娶了她後，曾為她專請一位家庭教師，她才得了相當的學識。二十年來主持這樣的大家庭，也積有相當的經驗，年紀愈多，閱歷愈增，到後來也不愧為一個名門的主婦了。

我有一位姐姐名叫梅筠，她比我長得美麗，由中學時代就有美人之稱，比我大四歲，性格豪爽，沒有半點陰鬱，她會唱，也會跳舞，這恐怕是一部分承繼了母親的性格吧。

當我十八歲，姐姐二十二歲的那年，有許多人來提說我們的婚事了。當然，是先從姐說起，但是不知什麼緣故，姐姐總是不願意結婚，都一個個地謝絕了。

「姐姐，你為什麼不想訂婚呢?」我問她。

「我還想多做幾年姑娘頑童，做姑娘才自由呢。一結婚，盡守著一個男子過活，多難過。」姐姐蹙著眉頭這樣回答我。

「你這話也不錯。」我馬上贊成了姐姐的議論。有美人之稱的姐姐，望著許多有錢有勢的人家的少爺們來求婚，以一種奇特的快感一一謝絕了。

有一回姐姐這樣地對我說：

「我想。一個女子如果能夠一年掉換一個丈夫，那才有趣啊！十年，二十年盡守著一個男人，多麼沒意思，一定會討厭的。」

「那樣不行吧。」我回答她。

「我想，沒有什麼不可以。討厭了，不離開怎麼辦呢？」

「但是世間從不曾見過有這樣的女人吧。」

「世間的人都是戴著假面。我想，無論哪一家屋的太太，沒有不在後悔的。」

「但是有了小孩子怎麼辦呢？小孩子不是每年要換一個爸爸麼？」

「啊！啊！」姐姐像吃驚般地叫起來，「我竟沒有想到這一層，——會生小孩子。小孩子！」

「你真脫落喲！怎麼沒有想到結了婚會生小孩子呢？」

一

「那才討厭！」姐姐好像受了一個大打擊的樣子。她的這樣的態度實在很像母親，一想著某件事就發痴般地盡想，不管其他一切了，譬如問題的結果及附帶的種種事情，她是完全不加注意的。我笑起來了，姐姐也笑了。我十分曉得姐姐的心事，她過分地逞她是個美人了。不錯，姐姐每出外面去，走過的人都定翻轉頭來看看她。身材嬌小，體態柔美，皮膚嫩白微帶點紅色，尤其是她的那對眼睛，真是有種形容不出來的蠱惑性，自然由各方面有很多的情書寄來給她。所有親戚朋友，一看見我的母親，盡都先說這一句：「梅筠真是長得標緻呀！」母親也不客氣地默認，只是微笑著聽他們的讚詞。

「還是小孩子脾氣，真沒有法子奈何她。也有許多來替她說親的，但她總說還早還早，真叫人沒法。」這是母親常對他們說的敷衍話。母親本人也像看見有許多名門的少爺們在為姐姐顛倒，心裡滿歡喜。

在這裡有一個問題，就是父親有相當的財產，但膝下無兒，有些親戚和族人來勸父親立一個兒子，但父親不願意，他只想招一個相當的女婿入贅，生的孫兒比外來的繼子血統親密些，這才是一脈地把這一家傳下去。物色的結果父親的一位好友並且在×省和父親同事過的梁馭歐博士的兒子卓民入了選。他在北京大學畢了業，又到美國遊了兩年，得了碩士學位回來，現在交通部裡當參事，可以說是個才貌兼全，前程遠大的青年。他只廿七八歲，和姐姐匹配起來，真是理想的配偶呢。

梁家也有意思，曾託人來說過親，父親當然屬意於卓民。母親看見卓民是個美男子，合了她的第一條件，也盡慫恿姐姐，不好把這門親事拒絕了。但是姐姐無論如何不願意，她的理由是，梁家的家庭過於舊式的，到他們家裡去，生活是一定枯澀乏味，她想找一個更自由些的新家庭的人物。這時候姐姐恰好和一位新由德國畢業回來，在外交部服務，姓柯名名鴻的青年發生了戀愛。柯這個人原是苦學出身，在德國留學時代差不多把家裡的一些產業都賣光了，幸得一回國來就在外交部找著了職務，聽說當局很器重他，不久就會調升局長或者調做領事。他是很率直的一個男性，身材魁偉，總之是個男性美十分發達的人。姐姐就是給他的男性美迷著了。他倆間常常有情書往來，並且是用英文寫的，你們想，這是何等的時髦啊。姐姐有時候表示她的得意，拿柯名鴻寄給她的情書到我房裡來唸給我聽。

「他真是個老實人，我略略發點脾氣，寫了幾句氣話，他便擔心到了不得的樣子！」姐姐常這樣笑著對我說。

姐姐從前就和好幾個男性發生過戀愛，但都是交際不滿一個月就厭倦了。最初或哭或笑都是很厲害的。有時候竟捉著人盡說戀愛的力如何的強，強得足以支配人類；有時候說盡她的情人的名字如何的好聽，他是哪一年生的，如何的多情。總之，姐姐對我是沒有祕密的，什麼事情都向我公開。對母親也是一樣。

「媽媽，我這晌的情人是文學家喲！」

姐姐的這種豪放的，無拘束的性質，使我真喜歡。我想她和柯的戀愛過一個月或兩個月就會消滅的。但這回是我觀察錯了，過了許久，他倆還是一樣地繼續戀愛。在姐姐最初也並非有誠意和柯訂婚，不過當這種交際是一種消遣罷了。但到後來，給柯的真摯的態度感動了，終於拒絕了父母的忠告，和柯名鴻結了婚。

姐姐結了婚後來說親事的忽然減少了。但有一天，父親忽然這樣對我說。

「菊筠，你看梁卓民這個人如何？」

「父親，這是什麼意思？」我不明白父親的意思，所以這樣問他。

「我想為你招梁卓民入贅，等你倆去支撐我這一家。」

「啊呀！」我真的吃了一驚，「向姐姐求過婚的人，……我討厭！」

「你如果不喜歡他，那沒有法想。不過由我和他的父親的交情及政治上的關係說，我們兩家能夠結重親是很好的。並且他的人格也還不錯。一次兩次來求婚都拒絕了他，太對不起他家了。」

「為什麼要招婿呢？」我這樣問。

「梅兒嫁到柯家去了，只剩你一個人了。」

「讓我想想看吧。」

我回到房裡，不知什麼緣故，胸口盡是跳動不住，盡想也想不出什麼結果來。我只覺得像我這樣的小小年紀也有了嫁人的資格麼？這樣一想，自己又像變成一個很老成的女性一般。

「結婚！」

從來說結婚是人生第一大事件，這話的確不錯。但既然是人生的第一大事件，為什麼又有許多人不慎重地訂婚而潦草從事呢？父母為女兒熱心擇婿，本來做女兒的應當十分感激的。才十八九歲的女子，怎麼有能力辨別男子的好壞呢？由富有思慮和知識的父母擇婿，絕不是不合理的事情。不過父母有什麼把握去斷定所擇的婿郎一定是可靠呢？一般的父母也只是去問媒人，媒人說：「那家的少爺麼？真是敲著銅鑼，走盡天下都難得尋到的。有學問，性情好，又漂亮，又活潑，孝順爺娘，用功讀書。」

照媒人所說的那個女婿候補者真是個理想的人物。但是父母還不敢就相信，於是向認識男家的朋友親戚或鄰捨去打聽，調查，如果大家都說好時，就決定訂婚了。

東方人結婚的主要條件是財產，其次是地位，其次是學問。如果這些條件合格，婚約是定可以通過的。但是做父母的和那個被決定為女婿的人，從無一面之識，最多不過是看看相片，聽聽人家的稱讚，至於那個女婿的性格如何，脾氣如何，當然一點摸不到，何況所謂人生觀、社會觀，以及嗜好趣味等等，當然更無從知道。簡單地說，由父母主婚，常常忽略了重要的條件，便匆匆地定了婚。他們老派人都是反對自由結婚的。他們說，年輕人受了青春之血的煽動而結婚，是十二分危險的。

在歐西男女在定婚之前，要經過相當的交際。定了婚後還要等一年或二年，等到雙方的性情互相了解後，才結婚。但在東方訂婚，完全操於父母的手中，父母果真為女兒本身設想，以女兒的心去擇婿，或者還可以覓得和女兒性情相合的人物。但是今日做父母的人盡是以財產、門第、地位等為最要條件；至於女兒一生的精神的幸福父母是絕不計及的，就是說，父母是為他們擇婿，並不是為女兒擇婿。他們把自己所喜歡的人叫女兒也要喜歡他。至於所擇的婿郎遂女兒的意與否，父母是不管的。假如女兒說出自己的意見來，不喜歡那個人，父母定要發惱罵女兒的。近代的父母都以為自己比女兒聰明，比女兒有見識，父母所擇的婿郎一定可靠的，一定不錯的，要強迫女兒信從。

女人生產時比死時還要痛苦。但是經過一兩個月後就完全忘了那種痛苦。「忘卻」實是可怕的一件事。有二十歲前後的女兒的父母大都是四十歲以上了，四五十歲的人早忘卻了她們青年時代的戀愛的經過。他們的青春的情思早凋落了，而代之以極強的理智。所以這些人對於兒女們的青春的同情極為薄弱。他們的意見是所謂戀愛只是一時的麻醉。他們對女兒的婚事，只在利害上著眼。

總之，一句話，父母對女兒的心是全無理解的。也不深知女婿的性格，他們只是像使蠶蛾交尾般地強女兒為人工的結婚。你們想，天下哪有這樣不自然的事情呢。現在想對你們說的就是，在我身上發生的不自然的事實。不自然確是一切悲劇的起源啊！

我想代表現代的年輕女兒們，向做父母的人們請願！

一

「你們要相信我們年輕人！你們要給我們自由和自主，不要當我們是種木偶！你們不要忘記了你們的年輕時代！」

父親喜歡牡丹花，在院子裡栽著數十種牡丹。我坐在院子裡看著花，盡在痴想。

「梁卓民！梁卓民！」

到底是什麼道理？我的腦膜上馬上就印上了梁卓民三個字了。我的血管也同時脹熱起來，心臟也激烈地鼓動著。我從來沒有過這樣的興奮。尤其是鮮紅的牡丹花給了我不少的刺激。我最初只想結婚的事。後來由結婚更進一步，想到種種的事情，想到和男人一同走路，想到和男人同棲後的日常生活；我的心自然鼓動起來，我的呼吸也急促起來。我由十五六歲起就喜歡男性，和男性談話時精神就會緊張，同時另有一種溫和的血在我的周身流動。當我覺著那個男性全神注意自己時，便感著一種羞愧和愉快，也自然而然地在臉上會浮出一陣媚笑去回報他。

我從來沒有注意結婚那件事。這次聽見父母提起梁卓民，我的心理忽然完全變了；對異性的衝動也突然發生了。我看過阿姐結婚，我看見他倆的甜蜜蜜的小家庭生活。從前阿姐常常把接到的情書唸給自己聽，當時並不覺得有什麼感動，但到此時，才漸次曉得那些意味了。

我在痴看著牡丹花，母親忽然走了來：「你在發痴做什麼？」

「媽媽，我的性情到底和姐姐的不一樣喲。」我這樣向母親說。

「什麼事不一樣？」

「我沒有喜歡的人。」

「是說戀愛麼？」母親笑著說，因為我們姐妹常常說戀愛，所以母親仿著我們的口吻說。

「是的，我不曉得戀愛。」

「那些東西不要知道好些。」

「媽媽你從前戀愛過麼？」

「你這個女兒真頑皮！」母親笑了，「做女人當然有過回把戀愛的，不過在我們年輕時代，不用戀愛這樣時髦的名詞，叫做害相思，是的，叫做相思病。」

「怪俗，怪難聽的。」

一

我不敢像姐姐那樣大膽去追求戀愛，也沒有勇氣寫情書。的確，我真是個絕對純潔的處女，沒有半點戀愛的經驗。雖然沒有戀愛的經驗，我卻很想結婚。最初，覺得向姐姐求過婚的人有些討厭，但到後來竟會思念起梁卓民來了，並且也會想寫信去請他到家裡來玩。

老實說，不問是卓民或是哪一個男性，如果來向我求婚，我絕不會馬上拒絕他的。我真想學姐姐的樣子，快點結婚。

想起來真是件可悲的事情，因為並非父親強迫我和卓民結婚，父親不過是勸勸我罷了。我自己如果不答應，父親絕不勉強我的，所以我不敢歸咎到父親身上去，責任還是在我自身。姐姐是由戀愛結了婚。我是為好奇心所驅使結了婚，到後來結果如何呢？

我終於和卓民結了婚。這樣的丈夫並不錯，因為卓民有美男子之稱，在社會上又有相當的聲名，我覺得有這樣的丈夫算滿足了。跟著時日的進行，我的心漸次熾熱起來。從前潛伏在體內的熱和血現在都奔流出來，全灌注到丈夫身上去了。我漸知道戀愛了。我說不出我是如何地愛我的丈夫，我只二十歲，丈夫也十分愛我。

我漸覺得東方人的結婚制度的滋味了。由戀愛而結婚是西洋式，由結婚而戀愛是東方式的。原來是不相認識，不相了解的男女，自成夫婦之日起才開始創造戀愛，這戀愛和時日相比例，一天天地鞏固。生了小孩後更難離開了。

丈夫之愛我真是無微不至。我最喜歡的還是丈夫的體格。你們看，我是身體不高筋肉發達的女人，所以喜歡身材高瘦的男性。我原來不愛喝牛奶的，但是結了婚後，因為丈夫喜歡喝牛奶，我也就愛喝起來了。

阿姐也笑我，說我寫的字也漸漸像我的丈夫所寫的字了。我就是這樣地全神注意到丈夫身上去了的。

卓民常常帶我到大公司裡去買東西。有一天，我們到永安公司來，公司裡的人們不論是店員或是來客，盡注意我倆。

「我倆排著肩走，像不像一對夫妻？」卓民故意這樣說笑。

「少奶奶的樣子差些吧。」我也笑著回答他。

「不見得吧。不過他們定說我是個老婆奴。」

「何以呢？」

「你看我提的東西夠重了，你的外套你的洋傘還要我替你拿，不像個老婆奴麼？」

一

「啊呀！」

不管有沒有人注視我們，我倆還是一邊走一邊笑。當我們買了東西搭電梯下來，走到賣食品的場所來時，看見有三個裝束奇怪的年輕女性盡望著我們笑。看她們的樣子一點不客氣。我想一定是不正當的女人。我們在她們面前走過，她們更作響聲笑起來，我真有點氣惱了。

「有什麼好笑？」卓民帶幾分笑意罵她們。那三個人馬上次轉身看了看我，再向卓民行了一個滑稽的鞠躬禮。

「你們想買什麼東西？」卓民對她們說了後轉過臉來向我微笑。我登時鎖起我的笑容，表示出莊嚴的臉孔。

我們走向門首來了。

「那些是長三喲。」卓民低聲對我說。

「一看見，不要打卦算命也知道。」

卓民像有點不好意思，忽然無意識地說。

「Sun Kist 是什麼東西，你曉得麼？」

我真感著一種侮辱了。看她們的神氣明明是認識卓民的，是她們很自重不敢向卓民招呼，只是望著他笑，可惡的還是卓民，竟敢當我的面前向她們說話，這是該責備卓民的。但是我還怒到那些女人身上去，大概這就是嫉妒的表現吧。當時我並不知道這就是嫉妒的表現，我只是說那些長三無禮，丈夫不該和她們招呼，或說受了侮辱。自己只當是對丈夫和她們的不正的關係的一種憤慨，其實就是嫉妒的表現。

走出公司門首，略回轉頭來看那三個女人像慢慢地跟了我們來。看卓民的神氣也像不住地以神迷的視線偷望她們。

「真豈有此理！」我真想發火了。

同卓民坐在汽車裡一句話都沒有說。回到家裡來了，我們同在一張椅子上坐下來時，卓民低聲下氣地向我說了許多話。

「真個豈有此理！」

「為什麼生氣？」

「那些長三真可惡！」

「哈哈哈！我可惡，還是她們可惡？」

一

「當然你最可惡！」

「哈哈哈！那我以後謹慎，不敢了。」

到後來我也給他引笑了。

那晚上特別有興致，更覺得丈夫可愛。到後來，卓民低聲地叫我：「菊筠，我倆已成了夫妻了，要百年偕老，我倆都該把過去的祕密說出來，不要隱藏著不說。」

「那是應該的。」我聽見他會說這些話，心裡真歡喜。

「那麼我先問你，你在結婚前有什麼祕密沒有？」

「我一點都沒有。」

「沒有和誰發生過戀愛麼？」

「沒有，我從來就不知道什麼叫做戀愛，就連你我也不曾念思過。」

「曾接過外頭寄來的情書麼？」

「一封也沒有接過，大概都給姐姐吸收去了吧。」

卓民笑了。

「現在該你說出你的祕密來喲。」

「我麼？祕密多得很。」

卓民告訴我，他在學生時代就失掉了童貞，到花街柳巷去，在外國也嫖過娼來。他還說，在美國的時候和一個法國女子纏得最久，等他到歐洲後，她還跟了來。卓民像奇趣般在說。但我聽見後終於哭起來了。

「我竟不知道你的身子不是單屬於我的！」

「我是單屬於你的。」

「不，不是的。你的身體已經不是純潔的了。我以貞潔的身體貢獻給你，你卻以不潔的血來和我接觸！」

「但是男人比不得女人喲。」他那種公然的態度真是出人意外。

「男女為什麼不同呢？要雙方純潔才算是理想的夫妻。」

「那恐怕世間沒有一個這樣純潔的男人。」

「不管世界怎麼樣，我的要求是，做我的丈夫的人從他的小孩時代起就該屬於我的。」

一

「要這樣，那就沒有法想。」到後來卓民只說了這一句。

我無論如何終不能服從卓民的議論。男女為什麼要不平等？所有男人的血在結婚前都是汙濁了的麼？所有女人都是該和汙濁了的男人結婚麼？這確是一個大問題。但是在今日，誰都不以它為一個問題而加以討論。假如在結婚前女人失掉了她的處女之貞時，在男人方面如何嚴厲地詰責她啊！為什麼對女性這樣苛刻，而對男性就這樣寬大呢？夫妻間的悲劇是由此點發源的。人類是希望完美的動物，要男女雙方完美才能造成神聖的幸福的家庭。對汙濁了的東西怎能夠發生尊敬呢？甘為奴隸的女人們對於肉體的神聖完全不加以注意，像這樣，怎麼能夠發生真正的戀愛呢？

二

戀愛是什麼呢？這問題很難解答。我想戀愛是人類最自然的靈的發動。在幼年思慕父母，親愛兄弟，到了壯年就愛慕異性了。這本是很平凡的。但平凡就是真理，違背了這個真理，悲劇就要發生了，這是很明顯的道理。何以今日的父兄並沒有注意到！我並非絕對否認道德，但是不自然的道德確是罪惡。我要以此為前提把我的話述說下去。

不尊重他人的戀愛是今日最壞的一種社會病。父母不尊重兒女的戀愛，時常侵害媳婦或女婿的生活。我的姐姐自嫁柯家後，過的生活總算是幸福的。男性的柯名鴻把家事一切委之姐姐，因為柯是位外交人員，交際應酬比較緊，於是影響到家計上，所以姐姐常常向母親借一千元兩千元帶回家去，母親也一點不吝惜地任她拿了去。

有一天柯名鴻的父母突然由鄉里走出來。柯老頭子原是個縣議會議員，因為交結官場，花了不少的錢，加以名鴻的留學用費的籌措，不單把家產變賣光了，還負了不少的債。柯老太太是個愛強的很穩健的人。姐姐對這兩位翁姑表示十二分的歡迎，親自帶他們去看戲，看大公司。我真莫名其妙，何以姐姐這樣耐煩呢？

「姐姐莫非想做賢孝的媳婦麼？」我對母親說。

「能夠這樣長久下去就好。」母親笑了。但母親看見姐姐對她的翁姑太好了，也像起了一種嫉妒。

「對自己的母親一點不孝順，對別人就這樣盡殷勤。那個女兒忘記了她的父母了！」母親這樣地嘆氣。

但我反對母親的意見。

「她因為愛丈夫才對翁姑盡孝道。一家能和和氣氣不好嗎？」

「那是不錯。但那個女兒還是漸漸地離開我們了。」

我對母親思念女兒之情雖然抱同情，但總覺得母親太不明理了。看見女兒過幸福的生活，做母親的不是也該滿足麼？不以女兒為本位，而以自己為本位去論世情，對於嫁了人的女兒仍想執行其母權，那是大錯特錯的。

「你為什麼對翁姑這樣孝順，是不是專為叫老柯看見歡喜？」我這樣問姐姐。

「是的，能夠使人歡喜，心裡不是好過些麼？」

我聽了姐姐的話，知道她的思想比我新得多。能使別人歡喜即是自己歡喜，這樣的思想真是偉大，這並不是勉強去向翁姑獻殷勤者可比。

柯老夫妻也異常地歡喜，他們對人說，在鄉下聽見媳婦是大家小姐，很擔心她是個嬌養成性不通世故的女兒，竟沒有預想到是個這樣通達人情這樣賢孝的媳婦。他們老夫妻原打算出來看看即回鄉里去的，因為看見媳婦這樣賢孝，就決意多住幾個月才回鄉里去了。過了幾天，他們又改變了方針說，回鄉里去太麻煩，決意在這裡永久和兒子媳婦同住了。當時姐姐也表示贊成。

但是過了一個月姐姐的臉色漸漸難看起來了。

「姐姐，你近來為什麼總是這樣不高興？」我問她。

「和屋裡的公公婆婆吵了嘴喲！」姐姐回答。吵嘴的理由是，這樣的熱情的享樂主義者的姐姐是要把丈夫絕對地占為己有，丈夫一早出去了，一天不見面，到了晚上次來，吃過晚飯正是年輕夫婦尋歡的時候，對著一天不見面的丈夫，或看，或笑，或哭，或說些淘氣話，或更進而握手擁抱，真是有說不盡的情話，燃不盡的情炎。年輕夫妻在這樣時候是再快樂沒有的了。

二

當姐姐和名鴻間的熱愛達到最高潮的時候，柯老夫妻便不客氣地闖進來，這是如何的煞風景喲！

「阿鴻，回來了麼，外面有什麼有趣的事情沒有，講點給我們聽聽啊！」這兩位老傢伙驚破了他倆的熱烈的場面，並且盡坐著說無聊的話不肯走開。他們說的盡是姐姐不中意聽的無聊話，盡是關於家庭的瑣碎的話，常常聽得姐姐打呵欠。一次兩次尚可忍耐，稟性直情徑行的姐姐到後來終於不能忍耐了。

「請你們規定一個時間！要和名鴻談話，請規定一個時間！除規定的時間外，請不要隨便到我們房裡來！」老夫妻聽見這話，真駭得什麼似的。

「名鴻如不忙，什麼時候都可以吧。」

「不忙的時候要和我玩！」

「年輕人整天黏黏洽洽的怪不好看！」

「我們就是要黏黏洽洽的才好！」

兩個老人更吃驚了。他們完全不知道年輕人的心事，不知道愛的生活，他們以為夫妻不應該互相握手互相擁抱的。他們看見姐姐把夫妻間的戀愛公然宣之於口，真是從所未聞。這兩老人在年輕時怎麼樣，他們一定以為年輕的夫妻除了在暗中摸摸索索的性慾關係以外，沒有什麼東西，所以對於真的純潔的愛的生活是全沒理解的。

「算了，算了。」名鴻坐在旁邊只好向雙方勸解。

「但是名鴻是我的兒子喲！」柯老夫人對媳婦這樣說。

「我知道他是你的兒子！不過你們不要忘記了他是我的丈夫！」姐姐也這樣回答她。

「做媳婦的人該奉侍公公婆婆的，你不懂得麼？」

「在我沒有這樣的義務！我只知道和丈夫相愛，和丈夫兩個人組織家庭。我對翁姑可以盡我的好意，但不能讓翁姑侵害了我的家庭！」

「丈夫的父母就是妻子的父母！」

「不對的，我不能當你們是我的父母，為要使我的丈夫歡喜，我才對你們盡我的好意。」

「天下哪有這樣的媳婦？太把人當傻子了！」老人們發怒了。他們無論如何不懂得家庭的主婦就是個當權者，他們只想以父母的名義，不論到什麼時候都壓服兒子。

於是老夫妻和阿姐完全似油和水一樣不相溶了。的確，在現代的婦人中像姐姐那

二

樣勇敢地表明自己的主張，向翁姑宣戰的人可以說是絕無僅有。柯老夫妻以為姐姐是一個狂人。他們以為自己的兒子是該絕對服從自己的。在姐姐方面則以為丈夫是自己所有的，不受任何人的干涉。

在這時候，柯老夫妻向名鴻說要清理故鄉的債務。他們現在的生活費由我祝家補助不少了，真的連他們的舊債都要祝家為之負責麼。對於這個要求，阿姐堅決地拒絕了。

「如果是丈夫的負債，還可以代想想法。翁姑的負債，當然不能負責的了。」

關於這一點他們兩老人對姐姐又起了誤解。原來我們東方人的習慣，父母老了是該由兒子奉養的。父母之教養子女完全像演猴戲的人教猴子演戲，目的是在使他賺錢，因此有不少的青年做了父母的奴隸。

現代的社會上服務的青年能夠照自己的自由意思做去的恐怕很少，大概都是受著父母兄弟或親戚之累的，做他的妻子的人自然也要和他共擔這個責任。這真是十分不合道理。但是誰拒絕了這種責任不負，他就會得不孝不義的罪名。

其次的問題就是姐姐的生活太過奢侈。姐姐的都會生活由鄉下的老人看來是過分的奢侈了。他們以為人類是該穿破爛的衣服，該吃黑米飯。他們當然看不慣姐姐的生活。

到後來，柯老夫妻覺得姐姐的一言一動都很刺目。看見姐姐彈著鋼琴高聲唱歌，便以為這個媳婦完全是個異教徒。

「廚房的事一點不管，完全交給女僕，一天到晚只在外面玩，跑來跑去。女人要有女人的樣子，念什麼新聞，看什麼雜誌！」兩老人對姐姐說了不少的閒話，姐姐只是一笑付之。

但到後來，兩老人方面進攻得太厲害了，雙方就決裂了。在這時候，處境最困難的是柯名鴻，於是姐姐走去問丈夫的意見。

「你願意和你的父母同住，還是願意和你的妻子同住？」

「當然和你同住。不過我想對父母勸說一番，等到他們老人家明白我們年輕人的意思為止，你暫時回你母親那裡去住幾天吧。」

「是不是等到你把父母勸轉意時為止，和我暫時離婚麼？」

那時候恰好我到姐姐家裡來，看見姐姐從來沒有這樣激動這樣發怒過。

「明白了，一切明白了！不必說暫時，說永久吧！」姐姐的話完全是種最後的宣告。柯名鴻駭了一大跳，盡望著姐姐的臉。

二

「永久？」

「是的！我認錯了人了！你是個卑劣的人！」

「你為什麼說這樣的話，梅筠？」名鴻也激動起來了。

「你自己沒有覺著吧，你是想博得孝子之名，把妻子來做犧牲的！不錯，你算能夠答報父母的養育之恩了。你固然做了孝子！但給人做了玩具的我怎麼樣呢？你只認有父母的存在而忘記了妻的存在啊！」

「所以我說不是長期間，只是暫時，等我把兩位老人家勸轉身。因為他們是頑固的老人家，還是暫時躲過他們的鋒芒，讓他們慢慢地回心轉意過來好些。所以我們暫時離開一下。」

「那不行！」姐姐斬釘截鐵地說，「你所說的理由並不能成為正當的理由。如果真的有愛，不管有暴風雨打來，有槍刀加來，一分一毫都不可以讓步的！你說，讓你敷衍敷衍父母後再講，那你不當我是你的正式之妻而當我是私奔來的！那真對不起你了！」姐姐的話真是理直氣壯，名鴻的臉像染了朱般的。

「我也知道你十分愛我，所以我才敢向你請求稍稍讓步。和你離開後，我還不是和你一樣的痛苦。你是聰明人，豈不知道能忍難忍之事為將來之幸福的話麼？」

「不行，那我不能忍耐！」姐姐再叫了起來，「我為什麼要忍耐！為什麼要容許無理的要求！這是因為你太無信念了！自問題發生以來，我都是這樣想，我們的愛的試驗期到來了，我的心像雨後的士敏土（Cement），很堅決的了，只看你愛我的程度如何了，我時時這樣想。」

「我還不是和你一樣地想，不過……」

「表現出來了！真的表現出來了！我這樣的真心愛你，我想你對我定有能使我身體中的血騰沸的表示！我真的在焦望著我倆受壓迫愈甚，這種表現也應當愈激烈。我想，看見了你的熱烈的表示，我應當如何地感謝你，如何地喜歡啊！果然表現出來了，但是結果完全和我所預期的相反！你心裡只有你的父母而沒有我，我現在才明白了。」

「那你錯了。因為愛你，才對父母表示讓步的。」

「那不行！」姐姐以冷漠的蒼白的眼睛看她的丈夫。「你的這些話太迂腐了！這是在尊重功利主義時代所常用的格言：為將來的幸福，暫時忍耐，以退為進，向支配者暫時低頭。這些卑劣的格言在過去數千年間的確支配了人們的頭腦。但是這個時代已經過

二

去了。我想，我們由朝至夜常常要緊張著我們的心就好了，將來怎麼樣可以不必計及，只有現在是我們的全生命！對那樣頑固的兩老人，我為什麼非尊敬不可呢？在你是父母，但在我是完全無關係的旁人！我是信賴你才和你結婚的！你對我說要為你的父母讓步，那你當我是個全無關係的旁人了！」

「不！不是的！不是這樣說法！」名鴻像跳起來般地離開了他的席位。

「是的！我明白了！」姐姐舉起手來按著名鴻，叫他坐回椅子上去，

「我告訴你我的意思吧。自這個問題發生後，我就這樣想，你一定會請那兩位老人家回鄉下去，你定會向他們說：我們的生活是兩夫妻的生活我們是有相當的知識，有相當的身分，並且思想相同的男女，你們不要擾亂了我們的家庭，不要妨害了我們的幸福，你們如不能和我們年輕人相容，那就請你們老人家回鄉下去住，你們的債務我負責償還就是了，你們的生活費我也按月寄去；你們如果要同住也可以，不過不要擾亂我們夫妻的心靈，不要束縛我們年輕人的自由，不要干涉我們的日常生活。我想你一定會這樣對你的父母說的。他們老人家或許對於你的這樣有道理的話仍然冥頑地抵抗。但你只要能這樣對你的父母說，我就深深地感激你了。不管他們回去不回去，我也滿意了。因

為知道了你深愛我的心，同時我也會湧起一種寬大之心去恕他們老人家的冥頑。到那時候，或者我自己會提出暫時別居的方法來也說不定。」

「那不是一樣？不過有前後之差而已。」

「不一樣！你當我是和你無關係的別人，我已經明白了！」

我聽著姐姐和名鴻的爭論，覺得姐姐的議論是理直氣壯，完全對的。男性有一種共通的脾氣，即是無論哪一個男人都不以平等待他的妻子，不單不能視夫妻為一體，並且沒有男人以待自己的半價去待他的妻子的。縱令是父母之命，但如何能夠暫時把身體截分為兩半呢？平日說戀說愛，但到了萬一的關頭，就變為漠不相關的人了。世間變化難測的事無過於男女間的關係了！

自由結婚！戀愛結婚！

你們盡在發戀愛之夢，如果父母，兄弟，或翁姑的關係一旦侵了入來，夫妻的關係就要受大大的影響了。

姐姐終於大歸了。戀愛結婚的末路如此，是誰之罪呢！互相戀愛的夫妻間也竟會發生這樣悲慘的結果。

不過，不是由戀愛結婚而由父母主婚的我的末路如何？今後為你們詳細地說出來吧。

二

姐姐回來後，家裡忽然熱鬧起來，就中最喜歡的是母親。父親沒有說什麼話，只對姐姐深加愛惜。我的丈夫也想盡方法去安慰姐姐的不幸。在一家人的同情中，姐姐依然在美麗地微笑。但是她的微笑仍然掩不住她心中的悲苦。由這時候起，姐姐的臉上常浮著一種憂鬱。

又有許多有錢有地位的少爺們來向姐姐求婚。但是姐姐一一拒絕了。

「男人沒有一個靠得住的！」這是姐姐近來所守的信條。她本來喜歡外出的，現在只伏處在一間房子裡，或編織絨線，或習繪油畫。我看見她那樣的悲寂，覺得阿姐真是可憐。姐姐看見我倆這樣和睦，也像很羨慕。她看見我懷孕了，便買了幾部關於助產及育兒方法的書來拚命讀，準備分娩時來看護我。

「生了小孩子，我替你養育吧。」姐姐常這樣地對我說。

她有時候一連兩三天不出房門，不和家中人見面，不分晝夜，盡睡在床上。房裡不加灑掃，窗戶也只半開著，房裡十分幽暗她也不管，枕畔散亂著許多雜誌和小說。

「我沒有什麼，你們不要來管我。」姐姐對我們這樣說。但是過了二三日後，姐姐又完全像另變了一個人，清晨就起來，像女僕般地在灑掃，在洗衣裳，做得非常勤勞。

「真可憐！患歇斯底里症了！」卓民這樣地對我說。

有一天我到姐姐房裡來，姐姐出去了，寢被還沒折疊好，我走到她床邊，想替她疊好，忽然發見有一本日記簿在她的枕畔。這日記引起了我的好奇心，忙偷來看。

「二月十五日……我真想再和一個人戀愛了……」

我不禁微笑起來，這完全是從前的姐姐的表現。接著寫下去的是：「陳巡閱使的蠢兒子，傲慢不自量，他說他的父親是一等文虎章……」

這也是向姐姐求婚的一個人。約隔五六行，又寫有一段文字：

「周教授，理學博士，但我不喜歡自然科學者……」

像這樣的，把凡來求婚的人一個個加以批評。最後有：「第五日……第二個月……第三個月……」一類的文字。我一點不明白這些是什麼意思，

正在猜想，姐姐忽然走了進來，樣子像很歡快的。

「啊呀！你偷看我的日記麼！」

二

「嗯。」我有點不好意思。

「那是祕密的。不過，是你，不要緊。」

「這些日數是什麼意思？」

「啊啊！」姐姐笑起來了，「這是，向我求婚的人沒有等到我的回答，又向別的女人求婚了，其間相隔的日期。有一個名人向我求婚後，還不到一星期，就和一個女明星姘起來了。你想滑稽不滑稽？」

但我才知道姐姐近來是在這樣地自己消遣，——專留意這一類的事把它記起來，就這樣地過日子。我覺得姐姐太可憐了，不禁為之同情。想到姐姐是給頑固的山猴子害了的，害得她要終身守活寡，更覺得那兩個老人可恨。

但是姐姐關於柯家的事從來不提說半句。她的內心如何想法，雖不明白，姐姐表面上雖然決絕地和柯名鴻脫離了關係，但我猜度她對名鴻還是有幾分留戀的。姐姐像還希望：名鴻看見她的決絕的態度，一定會走過來謝罪，並且馬上送那兩個老山猴回鄉下去，那麼她也可以消氣了。但是姐姐終於失望了。到了二月中旬，柯名鴻也不通知我們家裡一聲，赴德國漢堡當領事去了。我覺得柯名鴻真太豈有此理了。姐姐也意外地吃了一個大驚。

自柯名鴻走後，姐姐的態度和性情愈變愈厲害了。有時候極端的急躁，有時候極端的沉默，有時靚裝外出，東走西跑，有時盡躲在房裡兩三天不見人。總之，比以前更變為神經質的了。譬如當她外出的時候，會向人這樣說：「這件衣服不太華麗了麼？離了婚的女人不該穿這樣華彩的衣服吧？」

她無論做什麼事情都是這樣神經過敏的，怕人看輕她是被離了的女性。譬如她又說：「恐怕有人會疑心我是想找男人跑出去的吧。離了婚的女人是沒有人看得起的。」

她始終說這一類的話。有一次有個歲數超過了四十的人向她求婚，她更悲觀了，整天睡在床上不起來。

「我的青春已經完了的喲！」

單是這樣的悲歡還不要緊，但她的性情也漸漸地乖僻起來了。本來是沒有什麼要緊的事情，她總是作惡意的解釋。譬如吃飯的時候，如果女僕先來請我時，她就要生氣不到食堂裡去的。

「我是寄人籬下的喲！」

二

對於她的乖僻，我和卓民都著實地擔心。

「被離了回娘家來總不免有些隔膜的。譬如我入贅到這裡來後，有時回到梁家去，他們對我總是生生疏疏的。」卓民這樣說。於是我們商量決定盡我們的力量去安慰姐姐。我的腹部漸漸地膨脹起來了。每進洗澡間裡，就看得見自己身體一天天地在變化。我真覺得奇怪，我這腹中竟容納得下總有一天會走到世間裡來的小生命。

年輕的我對於人生的大祕密還不十分了解。老實說，我在分娩後才覺悟到自己是做了人的母親了。怎麼會生出這樣的小孩子來，至今還是一點不明白。

這的確是個很重要的問題，我不能不在此稍說一說，就是夫妻為什麼會生小孩子的問題。一想到由人類的享樂，偶然地也作成了胎兒，我們就不能不懷疑自己的生存的意義了。我們真的是全為製造相續者而相接觸的麼？

享樂！享樂！有以青春的享樂為自然的性之發動而加以讚美的人嗎？果真可以把男女的享樂當作一種美而輕輕看過麼？

所謂新婚之歡樂，所謂蜜月之樂歡，其實都給放縱的無節制的性生活糜爛了。在這時候過的是近於獸的生活，人類的最淫亂的生活，夫妻間一生的惡習慣就在這蜜月期中規定了。彼此都明明知道這樣無節制的性生活在肉體上精神上是有害的，但仍然無節制地繼續下去。妻子看見丈夫不愉快的時候或是丈夫看見妻子精神疲倦的時候，就會有一方要求到這種享樂上去，一切空虛的時間盡費於這種享樂上了。不過有時候看見自己的樣子太醜劣了就不免自嘲或詛咒對方。都覺到兩人的前途實在可危，但仍然丟不開那種享樂。

由這種頹廢的享樂就變成了自己的兒女，這豈不是奇怪的現象麼？愛不是享樂，享樂只是愛的表現的一部。但是一般人都誤信這種享樂就是愛，和誤信砒霜是白砂糖的人們一樣的錯誤。

新婚當時的惡習慣在我懷孕後仍然繼續著。但在我的心情上起了一個大變化。我希望早日能脫離這種享樂的惡習，這種慾望一天天的強烈。當然在這期間中，因為腹中有了一個生命，所有營養料都給它奪取去了，我的肉體就一天天地瘦削起來。

一方帶有送一個新生命到這地面上來的偉大的使命，但一方仍然要忍受丈夫的惡習慣，想到這點就深感著一種侮辱。我常把這痛苦告訴丈夫，但丈夫反疑我對他的愛衰弱了。他說因為一個胎兒，夫妻的愛情就漸次衰落，這是極可悲的一件事。

二

我本不願多說關於性慾的話。但是這個大問題若不能解決，我的奇怪的生涯之謎也就不能解決。因為我的生涯是給這種可詛咒的性慾支配住了的。

卓民在和我結婚之前，已經和多數的女人發生了關係。他也和現代一般的人們一樣，不當享樂的惡癖是種罪惡；也和中國人之吃鴉片同一樣道理，一染了這種惡習慣，便終身不能改了。

現代社會又有這種醜惡的設備，有娼樓，有娼妓，有錢的閒人也可以行多妻主義，娶三妻四妾，而社會竟容許這些惡習慣而不加以制裁。他們自稱為上流階級的人也不以此種祕密為可恥，一天天的沉溺下去。

現代社會差不多是專為這些有錢的，所謂上流人物的享樂而組織的；他們在這種齷齪的社會裡受夠了訓練，染了許多惡習，娶了妻之後，就把這些惡習慣加到妻的身上來。

有許多人提倡禁菸禁酒。我真懷疑基督和孔夫子為什麼不更具體地提倡節制性慾呢？總之，在妊娠期中我不能使丈夫的性慾滿足是事實。我和他之間漸漸不圓滿了。為要使丈夫歡樂，我不知忍從了多少痛苦。我不願因無聊的瑣事使我倆過不愉快的日子，並且我對丈夫的純潔的愛實在一點沒有變化，就連我自己也驚異何以愛丈夫如是之深。同時我又覺著一種矛盾，即和丈夫做一塊兒的時候便感著痛苦，然而一天不見丈夫的面在夜裡又睡不著。丈夫也深知道我的心，所以無論遲至過了十二點鐘，也一定回來，絕不在外面歇宿的。

有一次，卓民要到海口去向外國公司交涉關於無線電的事項，不能不在那邊住三四天。這三四天，在我，真是有十年之久。我每天定要打兩次電話去問他的情形。

「今夜裡能回來？」

「今天不行，事情還沒有了。」

「今夜裡還不能回來麼？」

「還要等兩天才辦得好。」

「那樣無聊的小官，不要做了！趕快辭職吧！」

母親和姐姐看見我這樣情急，都笑了起來。有時姐姐代我打電話去揶揄卓民。

果然過了三天，卓民很歡快地回來了。他以從未曾有的熱烈的表情走過來擁抱我，向我的臉上狂吻。我三四天來的寂寞也就因他的接吻而完全消散了。

二

「我近來變成一個參禪的老和尚了。」卓民撫摸著我，笑對我說。給他這麼一說，又覺得他太可憐，對不住他了。但是我的身子快要臨月了，如何能再敷衍他呢。

我終於產出一個小女兒來了。看見睡在我身旁頻頻地在打噴嚏的，像小猴兒般的動物，我覺得真是一種奇蹟，並非現實。

「這是由我的腹裡產出來的女兒麼？」

我就這樣地做了人的母親了。我真想不出是什麼道理來，往後我要怎麼樣去做母親呢？

在產褥期中，一切都很順利地過去了。在父母、阿姐、丈夫等人的歡慰中，我漸漸恢復了我原來的身體。我的嬰兒——取名彩英——也漸次由猴樣子變成人樣子了。她睜開可愛的眼睛，微笑著吸奶。

養育小孩子真是麻煩不過的事情，餵奶的時候要解開胸脯，要改換坐位，要翻轉身，在我是十分厭煩的，還要換尿片，要洗澡，怕她傷風，又怕她的湯婆子過於熱了；有眼糞的時候要用硼酸水替她洗，瀉青糞的時候又要給小兒片她吃。養育一個小孩子的母親的辛勞，真是非一般無經驗的人所能想像得到的！但同時又感著一種從未經驗過的快樂，這就是餵乳時候的心情，柔軟的嘴唇緊觸著我的肌肉，軟滑的奶頭給嬰兒的舌尖舔吸著時的心情，覺得她所吸的並不是乳汁而是我的靈魂、我的生命之力。過後，她急睜開一對小眼睛盡注視著我，潛伏在她的眼中的美麗的母子之情一天天地增長起來。因此我有一天突然地去問母親。

「母親從前也覺得我可愛過麼？」

「那當然啊。」母親以一半不明白，一半歡喜的表情回答我。

「母親從前雖然愛我，怕趕不上我現在愛彩英的程度吧。」

「傻孩子！」母親按著胸口笑起來了，「誰都有那樣的感想吧。不養育小孩子，不會知道父母之恩的。」

「的確！所以我這樣想……」

「想什麼？」

「我想起柯家的兩位老人來了。從前以為他們過於頑固了，但是做了母親，才知道做父母的人，無論在什麼時候，都想看見自己的兒女，都想抱抱自己的兒女的。」

「這也是道理的話。」母親也像很認真地說。

二

熟讀了助產婦和育兒法的書的姐姐，由那時候起，不常到我房裡來了。有時候我感著寂寞，去請姐姐到我房裡來談談，她很高興地走了來，但坐不到一會，又別有心事般地走出去了。但有時候又很高興般地走到我的枕邊來，不論是吃的是穿的以及一般人所不留心的瑣事，她都替我想得十分周到，或為我開留聲機，或說些關於音樂文藝的話給我聽。

「我自己心地不佳，並不是對你冷淡喲。你要原諒我才好。你該知道我是個可憐人！」

姐姐無緣無故又酸楚起來，在流眼淚了。我想，她的歇斯底里症又發作了。有一天我最喜歡最信用的小婢阿喜，輕輕地揭開我的蚊帳，走前我枕邊來。

「少奶奶，你該到少爺房裡去睡了。」

「什麼道理？」我笑問她。阿喜今年才十七歲，完全還是個小孩子。但卓民常向她調笑，我想大概是這個緣故吧。「是不是少爺向你說了什麼話？」

「不。對我沒有說什麼。……」阿喜話題沒有說完，又出去了。這個婢女是我親手招來的。我在學生時代有一次去看電影，看見她在街路的黑暗的一隅啜泣。那時候她才十三歲，看她的樣子太可憐了，走前去問她為什麼哭得這樣傷心。據說，她的父親在一家公司裡當雜差，給公司解僱了就把這個小女兒送到家小茶館裡當灶下婢。她受不過主人的虐待才逃出來的。我聽見她的話，不禁起了同情，回來就和母親商量，領了回來，父親派她專管院子裡的花木。她從小有了許多勞苦的經驗，對於社會的黑暗方面十分知道。因為她的性情率直，品格也很好，所以我常常不叫她離開我。她的心目中只有我一個人，她以為在這世界中，再沒有比我更偉大的女性，再沒有比我更美麗的女性，再沒有比我更賢明的女性了。她這種偏信，常常使我發笑。她有時候因為我的事，連和我的母親或姐姐衝突她也有所不惜的。

有一次卓民向她調笑，她以一種形容不出的憤恨的眼神睨視了卓民好一會。

過兩三天，阿喜又走來向我說：

「少奶奶，我請求你，務必快些去和少爺同一間房子住。」

「什麼道理？」我再問她。「不要緊的，你說吧。」

「不不不！」阿喜眼眶中滿貯著淚珠，她極力忍耐著，不使它流下來。

「我不能說。」

二

「為什麼不能說？」

「那是因為關於大小姐的話。」

「啊呀！你說我的姐姐麼？到底什麼事？」

我不期而然地說了這一句，同時丈夫和姐姐近來的態度浮到我腦上來了。

「無論如何，我不能對你說。」阿喜說著伏在我的床沿上哭了。

「你不該瞎說。這些事不比別的，你怎麼會說出這些話來？」我像責叱她般地說了。但我的聲音已經顫慄得厲害了。但也只好這樣地自己打消，不然我的心如何能夠安靜呢。

三

到後來，我終於不能不懷疑我的姐姐了。這是何等難堪而慘痛的事情喲！我何以要對姐姐懷疑呢？因為有阿喜的一言，就信以為真，那不是太輕率了麼？

當阿喜向我說那些話時，我口頭上雖然叱責了她不該瞎說，但我心中還是帶五分的懷疑，就是：「或者他們真的幹起來了。」

這樣的猜疑的確是十分無道理，因為我是蠻相信姐姐的。阿喜給我責備了後，恨恨地看了看我的臉就低下頭去了。她是我的不二的忠臣，性情很犟倔，她不多說話，但說了後絕不退讓取消的。我由她的神氣知道她是對這件事十分憤慨，十分焦急。她給我罵了後，也不認錯，盡坐在一旁在沉想，這和她平時的態度不同，平時我罵了她她定認錯的。

我到上房裡來看母親，看見由一個親戚薦來的乳母來了。為小孩子找個合格的乳母是再困難沒有的事。凡出來做乳母的人大抵性格上都是有缺點的。至今天為止，已經來

三

了好幾個乳母了，但多半是懶惰的、無教養的人。今天來的乳母約二十多歲，眼睛大，皮色黑，鼻廣口尖，頭髮綣縮，論人材真是一無可取；但是她一面餵乳一面向人傻笑，她的這樣無邪的自然的態度使我發生了一種快感。彩英也像喜歡她的奶，一聲不響地在吸。阿姐和母親坐在旁邊像試驗官般的微笑著看她餵奶。

「奶量很多喲。」姐姐對我說。

「這回的可以了。」姐姐這樣說了後，就詳細地調查這個乳母的身世，問她的家庭關係，問她的丈夫的身分，及為什麼和丈夫離了婚，問她有沒有暗病，問她有沒有嗜好，對於一切事情都不甚過問的姐姐，唯獨對於彩英的事這樣關心。剛才我尚在半信半疑中的阿姐和丈夫的關係，到這時候，自然煙消雲散了。並且覺得這樣的猜疑姐姐未免太對不起人了。

「阿喜因為先有成見在心，看見卓民和阿姐說話的態度過於親密了，就起了疑心吧。」我當時這樣想。

這個乳母入選後，我舒服得多了。所以一定要請乳母是因為我有腳氣病的症候。有了乳母算是彩英的幸福。最初只由乳母餵乳，夜裡還是回到我床上來睡。後來因為傷了一次風，以後就叫乳母伴她睡了。於是彩英漸次和我疏遠了。

但是在丈夫夜裡回來遲或有公事在外歇宿的時候，我也常把彩英抱回來在我床上睡。彩英在乳母房裡睡時，我在就寢前定要去查看一回。蓋著暖和的被窩，埋頭於乳母胸懷裡的彩英睡態是十分甜蜜的。我覺得自己的重寶像給別人奪去了般的。

我的家庭算十分圓滿。阿喜以後也不再說那些話了。在這時候，在我們屋旁增築的洋樓子也造成功了。姐姐就搬過去住。

她占了兩間房子，一間書房，一間寢室。她的房裡裝飾雖不算華麗，但很瀟灑雅緻，買鏡屏，買畫軸，買家具，姐姐近兩三天來真是忙得沒有頭緒。

到姐姐的房裡去要在我的房子面前的長廊走過，在洗澡間左側上一道扶梯，就通到新洋房的後樓上來了。樓下有一間大廳——寧可說是一個涼亭——東西南三面是玻璃門扉，廳後就是父親的書室，有扉中門通進去。我們就把這個大廳做食堂了。三方面都用玻璃門扉是父親的設計。他說清廷的什麼宮什麼殿就是這樣的格式。坐在廳裡望三面的庭園，自然心曠神怡。我覺得住這樣的房子未免過分奢侈了。我們圍著一張大圓臺一面吃飯一面談笑，真是說不盡的天倫樂事。

三

四月初旬，桃花開過了，三方面的玻璃門扉四通八達地打開著，室內也很和暖。黃昏時分，微明的陽光散落在庭園的樹木花草之上，另顯出一種情趣。在天上天空由灰色漸漸變成黑色，幾顆疏星露出來了。

我們食桌的席次是父母在上頭南面而坐，我倆在下首各占一邊，我坐西南隅，卓民坐東南隅，姐姐回來後，她就坐在父母的中間，位置正面南了，父親坐東北隅，母親坐西北隅。我倆雖然沒有正面北坐，但比以前坐位稍稍接近了。

今天報紙登載某著名的大學教授拋棄了他的結髮妻，和一個法國女子結了婚，我們晚餐時的話題就全集中於這件事了，各人有各人的批評。

「那太豈有此理了！現代的教育家真是要不得，沒有半點品格。豈有此理！豈有此理！」父親一個人十分憤慨。

「在這時候，被棄離了的女人要怎麼樣才好？」姐姐在問大家的意思。

「除等到做丈夫的覺悟後，沒有辦法吧。」父親這樣說。

「像這樣殘忍的丈夫曉得到什麼時候才覺悟。盡等也沒有意思，還是再找丈夫的好。」這是姐姐的意見。

「那不行喲。如果這樣做，世間再無所謂寬容和忍耐的美德了，要知道君子惡惡而不惡人！」

「但是盡追求著對自己完全沒有愛的丈夫是最痛苦的。」

「那我不明白要怎樣才好了。卓民，你的意思如何？」父親以微醉的臉轉向著卓民說。

「在理論上我贊成梅筠姐的話。但由實際上說，我贊成你老人家的主張。」卓民笑著這樣地回答父親。

「你這個人太滑頭了，太滑頭了！」阿姐也笑著說，「你是個灰色的騎牆派！」

「哈哈哈！」卓民大笑起來，笑了後，注視了一會姐姐的臉。姐姐也作一種奇妙的表情回答他，好像在說，「你記著，我總要對你報復的！」

吃飯的時候，卓民常替我夾許多我喜歡吃的菜丟進我的飯碗裡來——他自己少吃些——今晚上還是一樣。卓民夾了許多炸蝦球給我。雖然是件小事，但我是極歡喜，也感激他。

「近來戀愛問題鬧得很厲害的樣子。但我一點不明白到底是怎麼一回事。」父親放下了筷子，緊靠著靠椅說，「戀愛即是專心愛上一個人的意思吧。這是從古來就有的，有什麼稀奇，也值得這樣大驚小怪麼？大丈夫本有三愛，這是古代的格言，愛國、愛家、愛老婆，就是這三件。各人能夠守這項信條，那什麼問題都可以解決了！」

父親以為他的這種迂腐之論一定可以博得兒女們的喝彩。

後來看見在年輕人間沒有什麼反響，有點不好意思，便翻轉來徵求母親的同意。

「你這老太婆想，對不對？」

「專愛第三件還要討論一下呢。」母親笑著說。

「我是專愛過你來的喲！」

這時候大家才哄笑起來。父親得了這個喝彩的機會，便立起身退回書房裡去了。

我倆的習慣是每晚飯後定到晒臺上來，同坐在一張長椅子上互相微笑，互相細語。今晚上照例我先走出晒臺上來。庭園裡的桃樹上還有幾枝桃花未謝，在薄暗中隱約可認。才略下去的晚空微帶紅色。疏林上面已經有幾顆星光了。我想，卓民快要上來的，在我身旁特為他留開一個坐位。但是盡等還不見他上來，也聽不見食堂裡有人聲。我想，卓民到哪裡去了呢？於是，我輕輕地由露臺下來，偷望食堂裡。果然看見卓民和姐姐夾著一張小圓桌子相對喝咖啡。我在這時候，自然胸口跳動起來。

我也不明白為什麼會這樣感覺著不快。因為先聽見阿喜說了那些話對姐姐有了猜疑了麼？因為等他等久了心裡沒有好氣麼？抑或是因為女性所共有的嫉妒的本能麼？

「試看看他們怎麼樣！」我忽然起了這個念頭。但又覺得自己太卑鄙了，不該對自己的丈夫和姐姐這樣懷疑。

他們說話的聲音很低小，聽不清楚。有時有忍笑的聲響傳來。卓民的一切表情我是十分熟悉的。當他為了什麼事情興奮或對我有迫切的要求的時候，他的眼睛裡便發出一種富有熱力的美麗之光來，同時顏面皮膚也緊張起來，發射一種光澤。我此刻看見的卓民的表情就是那樣的。姐姐的雙頰也在微微地發紅，這是我望她的側臉看出來的。我的胸口更鼓動得厲害了。

「看他們的樣子的確有點不尋常。」

我也不明白何以會這樣想。曾聽見人說過，哲學家或詩人在一秒間可以直覺百年的人生。然則我在這瞬間銳敏地洞察出他倆間的變態的關係，也不算什麼稀奇了。其實這是很平常的覺察，不單是我，你們裡面恐怕也有很多人有這種經驗的吧。

三

我的臉口鼓動著，我的身體也顫慄著。忽然聽見卓民在高叫起來：「燙人！」

「哈，哈，哈！」姐姐的笑聲。

卓民立起來了，隻手摸著他的嘴唇。

「真燙傷了麼？」

「舌頭都燙痛了。」

「為什麼燒了這麼熱的咖啡來？」

「也是因為講話講入神了，沒有留心。」

「我替你舔一舔就會好的。」

卓民真的把頭伸向姐姐面前去。這時候的姐姐十分留神向周圍審查了一會。她像覺著了我在偷看他們，他們的親暱態度便中止了。

我回到晒臺上來後，卓民立即來了，故意裝出給熱咖啡燙傷了的樣子，蹙著眉，用手巾掩著嘴。

「咖啡太熱了，真的燙痛了。」

我不睬他。他像很不好意思，走到我身旁坐下來

「請你看看我的嘴唇燙腫了麼？他們送了這樣熱的咖啡過來。」

「真有這樣奇怪的事麼？」我冷冷地說，連我自己也聽得出我的口調是諷刺的。

「請你替我舔舔，用你的舌頭。」卓民嬉笑著對我說。

「你去請姐姐舔好了！」我說了後，就站起來。我回到自己房裡來時，心裡感著十分的痛快。

「他們慌張起來了吧，當我完全不知道，他們吃驚不小吧。」我這樣想。

我和乳母引著彩英玩，我抱抱彩英，摸摸她的柔髮，親親她的嫩頰，引她笑或引她哭，我的心緒漸次恢復了和平的狀態，同時覺得自己對丈夫的態度也有些太過分了。因為並沒有獲得什麼證據，不過是由舉動下的觀察罷了。由推測去下判決，這是難免輕率的。

但是人們一經有了這種猜疑以後，是很難打消的。在這時候，我心裡起了兩種不同的作用，一個是想絕對地否認我的猜疑，一個是想再進一步去審定他倆的關係的虛實。

如果他倆的關係是事實時，怎麼樣呢？看見那種事實時，就是我滅亡的一天！到那

三

時節，我的心臟會碎裂，也再無生存的希望了吧。我真怕有那樣的一天到來！於是我想只裝聾作啞，當做沒有那件事，糊裡糊塗過日子算了。但是，同時覺得不能就這樣放任過去。如果是事實，那就和丈夫乾淨地離婚的好。如果沒有那件事，那我剛才的發作就是嫉妒，太對不起丈夫，只有向丈夫謝罪，和丈夫講和，親睦如初。在這樣半信半疑的狀態中是最痛苦不過的！

對於一件可怕的事實，想看和不想看的兩種心理正在我胸中交戰。因此我自然而然地想去探查姐姐和丈夫的舉動。我抱了彩英到姐姐房裡來，姐姐馬上把彩英接過去抱；她故意發出一種嬌音，裝出多樣的鬼臉來引彩英笑。看見姐姐的這樣無邪的態度，我又後悔不該對姐姐懷疑。異性間的交涉若帶上了有色眼鏡來觀察時，無一不是可疑的事情。我想還是我自己多疑了。

到了十點多鐘，卓民走到我的房裡來，我正在想剛才對丈夫的態度太過分了，此刻該取什麼態度。但看卓民好像沒有剛才那回事般的，還是和平日一樣滿面笑容來向我說話。我更覺得過意不去。但我對他還是一樣地警戒，一點也不敢懈怠。我也不明白這是為什麼道理。我對他倆的懷疑明明已經溶解了，何以又還不放棄我的祕密的偵察呢？這是何等的矛盾啊！這是因為有別一個理由潛伏在我的胸中，無他，即最初向姐姐求婚的就是卓民這一件事。因為姐姐拒絕了他的求婚，自己才和他結婚，由此看來，誰又敢否定卓民不在懷戀著姐姐呢。在結婚當時只當它是一件很小很小的事件，誰也沒有預料到到今日會變為一個討厭的問題。

所以我自然會這樣想：「他原是戀愛過姐姐的人！」

一方面覺得自己是受了一種侮辱，一方面又默認他倆的關係是有很深的因緣。我現在不能不向大家表白一下了。我原來是個奇妒的女性，我自己也常為自己的嫉妒之深而驚駭，同時我也驚異自己何以這樣地熱愛丈夫。一般的女人說，女性生了小孩子後一切的愛都傾注到小孩子身上來，對丈夫的愛會一天天的冷淡。但這不能適用於我的身上，我還是愛丈夫比愛小孩子切，把小孩子托給了乳母或許就是一種證明。實際上我有時感覺到有小孩子的厭煩，但從沒有感覺到丈夫的厭煩。把小孩子託交乳母之後的我倆，還是一樣地沉溺於親狎的調笑，狂熱的擁抱等的低級的歡樂中。

一天一天地過去，又是夏始春餘了。不知為什麼緣故，姐姐近來十分憂鬱。從來就哭笑無常的姐姐，到了近來更多自暴自棄的動作了。

「要快為她找妥一個人家才好。」

三

父親這樣的主張，為她選定了好幾個候補夫婿，但是姐姐都拒絕了。姐姐的脾氣真大，誰都害怕，不敢近她，譬如阿喜，連看見姐姐的臉都害怕起來，所以姐姐的事情只由母親和一個家丁去招呼。這個家丁姓顏名筱橋，是由窮苦家庭出來的。一生下來就離開了他的父母，只和他的哥哥像喪家之犬般徬徨無依，常在街頭巷角嚮往來的行人討銅板，向人家討殘飯。後來我父親當總長的時候，不知由誰的介紹，他的哥哥竟得到總長室裡來當茶房。有了這個因緣，他的弟弟便收容在我們家裡了。筱橋的面貌漂亮，體格也很魁偉，確像一個書生，但天資很鈍，雖然十分用功，在學校的成績卻非常之壞，好容易才把初中弄畢業，考了三次大學預科，都沒有入選，於是他對於學問一途絕望了，今年廿五歲了，委他去辦的事情，沒有一件做得好的。我們家中都當他是一種滑稽人物看待。他沒有何等的野心及慾望，他心地痛快的時候便高唱起京戲來。他的性格雖然遲鈍，但很爽快，這點是他能博人歡喜的長處。他對於現代所有的文藝和社會科學的書籍也很努力讀，當我初進女子中學的時候，有許多疑難的科目都請教討他來。

我的姐姐很討厭顏筱橋，但她還是承認他是個忠直親切的人。他常常一天之中給姐姐罵兩三次，他給姐姐一罵，便驚恐得像什麼似的。

「我也是個男子，何以這樣不中用！」

他常常這樣嘆氣。

我的父親對於園藝有興趣，喜栽花木。筱橋常去和園丁一塊工作，弄得滿身泥巴。又叫他去買東西時，若那件東西買不到手，他絕不回來，到夜深後他還在市中亂轉尋這個物件。他對事務是這樣忠誠的，所以我十分佩服他。姐姐卻討厭他的這種誠懇，她說，和那個人在一塊，精神上就不好過。

姐姐患的是什麼病還不十分明白，有醫生說是歇斯底里症，又說是胃病，也有說是月經不調的。

天氣漸熱了，我們一家人討論起避暑的計劃來了。有一天我們正在爭論得很熱鬧的時候，郵差送了一封信來。父親接到手，才看見封面的字，就驚叫起來：「這真是意想不到的！」

我們這時候才吃完飯，還沒有離開席位，都盡注視著父親的臉。每吃過飯，就檢看各方寄來的信件，這是他的習慣。

「這真是意想不到的！」

父親再這樣說。他從衣袋裡取出眼鏡來戴上，然後開拆信。父親讀了信後，臉上浮

三

出一種笑容來。父親每遇著心地快活的時候，鼻孔自然地會膨脹，雙頰上的鬍鬚也自然會張動起來。現在他又表示出那種樣子了，我就曉得那封信是一件吉報。父親取下了眼鏡，把那封信交給母親看。

「這是老柯寄來的謝罪信。他在德國像蠻得意。他說，到底還是離不開梅筠。那恐怕是他的真心話。他希望能夠恢復從前的親戚關係。他信裡說，本來他該親自回來接梅筠去的，不過到八月間有朋友由上海來德國的，打算托那個朋友帶梅筠去。要我們預先勸勸梅筠，務必要到德國他那邊去。我早就料到他定會有後悔的一天的。真的，不過是為點小感情離開的，有什麼商量不妥的事呢？他是個男子漢，雖然有些拗執的地方，但是也該原諒原諒他。他是個少壯的外交人員，前程未可限量。」

父親雖然是對著母親說，但他像在希望姐姐也能夠聽見。當然我們也一字不漏地聽明白了。

「能夠那樣子，再好沒有了。」我當下這樣想。我們的視線一齊集到阿姐的身上。阿姐沉默著，許久許久沒有說話。

「梅筠怎麼樣？」

父親轉向著姐姐說，姐姐還是沒回答。

「我想，這是很好的事。卓民，你看如何？」

「如果梅筠能夠寬大地恕宥老柯，恢復從前的關係，那是再好沒有的事。」

卓民這時候，以作古正經的態度回答父親。

但是，看看姐姐的樣子有無窮的幽恨睨視了卓民一下，她的眼眶裡已經充蓄著淚水了。她立即站了起來，回她的房裡去了。

我真不明白姐姐為什麼這樣生氣。剛才父親也曾勸過姐姐。他的意思是，無論從任何方面說，姐姐要回到柯家去才是正理。

「我回柯家去就是了！」姐姐怨懟著說，「不過要稍等一些時候，讓我深想一想，然後回信給他。要如何地回答他，還要讓我想想。」姐姐走了後，我們間的空氣便陰鬱起來。

「姐姐為什麼這樣的不喜歡？」我問卓民，「真莫名其妙。」但是卓民沒有話回答。

那晚上，姐姐在母親房裡談話，談到更深。我有時走過，還聽見有欷歔的泣音。我想進母親房裡去，但是母親向我使眼色，叫我不要進來。我想母親和姐姐間一定發生了什麼重大的問題。

三

又過了兩三天，顏筱橋護送姐姐和母親到M山避暑去了。

我們在K山和M山都建築有小洋房子。我們原約定到K山去的，因為K山許久沒有去了。今忽然變更計劃，M山去避暑，我覺得奇怪，心裡也有點氣不過，他們變更計劃，何以不通知我一聲呢。

他們到M山去後，連明信片也不寄一張回來，再過了十多天，才接到母親來一封信，信裡說，姐姐的病一時不得好，還要在M山多住些時日，叫我們先赴K山去避暑。最後還說了些顏筱橋的歹話，說他不聽差遣，說他一早起來就到游泳池去洗澡，有時滿山走，整天在外邊，到深夜才回來，他完全沒有時間觀念，夜深二點多鐘後還走出海濱去高聲放歌，和山裡的農民們交結得非常之好，一處玩一處走，在近來又學會了騎馬，到處跑，有事情的時候，總是找不著他，像這樣過於脫落的人，實在不好用，叫我們另派一個家丁去給她們差遣。母親又說，溫阿民伶俐些，派他來吧。溫阿民是剛剛二十歲的書僮，做事敏捷，也有點技能，真是一踢三通，母親和姐姐都喜歡他。不過父親舍他不得，不能派出去。後來我極力向父親請求，才要准了派溫阿民到M山去。

第二天顏筱橋元氣頹喪地回來了。我把母親信裡所說的一一責問他，他連連點頭，一切承認了。

「是的，完全是的。」

「你為什麼整天騎馬和泅水，不做事？」

「因為我……看見心裡頭苦悶。」

「什麼事？」

「那……那不能向姐姐說。」

他好像非常煩悶般地嘆了一口氣。

又過了一個多月了，我們決意日間動身到K山去了。我想，在赴K山之前，須得去看看阿姐的病，於是我打算先到M山去一趟。

「不要去吧，去看她恐怕她反為不喜歡呢。」卓民這樣地勸我勸了幾次，並且說明天就起程赴K山。

「明天？」

我反問他。

三

「明天可以來得及吧。明天下半天動身，上半天把一切準備妥當。」

我聽從了丈夫說的話。他到第二天很早就起了床。我在上半天留乳母看著彩英在家裡，自己到街上去採購一切必要的物品。現在買起東西來，也和從前不一樣了，有了小孩子，買的東西就不知多了多少。其中有來不及的東西，就是我所常服的藥丸的配製和為彩英特製的汗衫，店裡頭的人說，要到傍晚時分才做得好。但是到晚上不能趕火車了，只好延期到明天去了。因為延了期，下半天就有空，我想，在赴K山之前，總該去看看阿姐，不然她會怪我沒人情的。我決意到M山去一趟，於是急急地打了電話去告訴家裡，自己便跑到車站來。

到M山來時，已經是兩點多鐘了。我在途中想，母親和姐姐定是十分寂寞的，看見我走來了，不知要如何的歡喜。我這樣想著，自己也不禁微笑起來。

叫了一輛小轎，坐到自己的洋房子前來時，溫阿民早從裡面走出來。

「小姐來得正好。是搭第二班的快車來的麼？」他表示出很親切的樣子，把我手中的洋傘接過去，「大家都在等你，等得心焦了。」

「怎麼？他們知道我會來麼？」我驚問他。

「是的，剛才曉得的。」

我一進門，就看見卓民的帽子和外衣都掛在一邊架子上，我駭了一跳，忙停了足。

「他也來了？」

我在這瞬間，覺得萬事都解決了般的。我立即想退腳出來。

我想，我在長年月間所懷疑的終成為事實了。他為什麼要瞞著我來看姐姐呢。不過女性的性格是很奇妙的，在這瞬間嫉妒之念雖然很激烈，但還是不願意給他人看出了自己的心事。我故作鎮靜地說：

「是的，因為買些東西，趕不上第一班的快車了。」

像是聽見了我的聲音，母親從大廳的側門走出來。

「你來了麼？」母親說話比平日特別柔和。

「來錯了麼？」

我很唐突地這樣回答母親。今天覺得母親特別可恨，恨得我真快要發眼暈了。

母親不說話了，她只吩咐阿民出來照顧門戶。我筆直向裡面走，走進裡面堂屋裡來

三

了。看見姐姐正在開留聲機，她看見我來，嫣然地笑起來。

「啊，你真來得好。」

「嗯。」

我強作笑顏去回答姐姐，因為在這時候可憎的不是姐姐而是卓民。我真恨卓民恨入骨髓了。

我正在和姐姐說話，卓民連外褲都不穿，內褲長僅及膝部，從裡面——大概是姐姐的寢室——走出來。他的那樣的裝束給了我一種難堪的侮辱。

「現在開的是《天女散花》。」阿姐這樣說，「滿好聽，卓民君你喜歡聽麼？」

卓民看見我了，故意高聲地笑起來。

「真是偶然！真沒有想到我們會偶然在這裡碰到。我因為有點急事要來H州看一個友人，留了條子在家裡給你，你看見了麼？到了H州就順腳到這裡來了。殊不料你也來了。天下真有偶然的事啊！」

「的確是偶然！」我這樣地回答他，「你也偶然吃了一驚吧。」

「我真的吃了一驚。到K山去的改到明天起身麼？改後天？」

「我喜歡哪一天就在哪一天起身。你要住在這裡，你就在這裡也可以。」

「什麼意思？」

卓民完全喪失了氣力般地說。

「不要多說話了！你愈多說話，我便愈受你的欺騙！」

卓民臉色蒼白地依著門框，像石像般的了。

「為什麼這樣說？」

姐姐聲音低小地這樣說。

「姐姐的病我看沒有什麼大要緊，我就回去吧。再會，姐姐！」

我這樣說著站了起來。姐姐不敢望我，盡握著留聲機的把手，低垂著頭。

「你為什麼這樣發惱？」

這時候卓民才走前來。

「要回去一路回去吧。」

「你穿著那樣的短褲子好看得很呢！」

三

我這樣說了後，真想放聲大哭了。我立即跑出門口來，母親站在門口等著我。

「請你等一會，我有話要和你說。」

看見母親的臉色，我忽然又想哭起來了。

「我再沒有話要聽的了！因為你老人家已經不是我的母親了！」母親死拉著我，拉我到一間小房子裡來了。這時候的母親的臉色看去十分悲痛，這使我終生不會忘記的。

「菊筠，你知道父母如何地愛你吧？」

「那些話有什麼講頭呢！你要和我說的，還有什麼話沒有？」

我在這時候也自暴自棄起來，這樣地頂撞母親。

「你如果思念到父親，不忍叫他傷心，那你就受點痛苦也該忍耐一下。」

「這是什麼道理？一點不懂！」

給我這麼一搶白，母親沉默了，嘆息了一會後，又靜靜地繼續著說：

「你的姐姐有身孕了！」

「姐姐有了孕？！」

我聽見這話，呼吸真要停息了。我真不知要怎樣回答才好。因為有這個過度的吃驚，我不會發怒，也不覺悲哀了；因為一切感覺都麻痺了。

「這真是沒有方法可以挽回的事！你想要怎麼樣才好？我能夠親口去告訴你的父親麼？父親年老了，滿了六十花甲，還能夠叫他聽見這樣可怕的事麼？你曾發怒也難怪，但你也該替我設想一下。你試想想我多辛苦啊！不敢向你的父親說，又不敢對你說。和梅筠本人商量，她只是說要死。能夠死時，讓她死了也未嘗不可，不過她死了，我們的家聲還是不能保！你和卓民離婚麼？結果還是一樣！左去不可，右去也不可，只苦了我一個人，天天為這件事煩惱。你向我發脾氣，我也不怪你，但是給你發惱的我，你想想該怎樣做呢？菊筠，恐怕你會因這件事痛哭吧！我也一樣地曾痛哭啊！」

母親蹲到我的面前，把臉伏在我的膝上，哭起來了。瘦小的頸項，梳著小小的髻兒的白髮，給青筋絡著的瘦削的手，不盡地溼染了我的膝部的眼淚，我凝視著這些慘狀，但不會流一滴眼淚了。

「這又不是母親自己做出來的事。」我這樣安慰著母親，「姐姐做出來的事，姐姐自己擔當。」

三

「那你是叫姐姐去死麼？」

「那隨便她。」

「那麼家聲怎麼樣呢？父親怎麼樣呢？」

「大家受苦就是了，有甚方法！」

「那你看著那個慘狀，也忍心麼？」

「我還不是一樣受苦，我才是第一個犧牲者！我問母親，怎麼不為我設想呢？要叫我怎麼樣呢？」

「我哪裡敢叫你怎麼樣？你說的話不錯，你一個人最辛苦，所以我把我想說的話盡對你說了後，一切照你的意思辦去，只看你的意思怎麼樣了。我們祝家是大世家，會弄至家敗人亡。也是命運上注定了的！」

母親把對這件事的裁判全權交付給被害者的我，我真不明白她的真意之所在！

四

丈夫給阿姐占領去了的我，對於這件事當如何地裁判呢？我脫離家庭或姐姐脫離家庭，都會把這種可恥的家醜暴露到社會上去。縱令可以欺瞞社會，也不能欺瞞父親。

像這樣的醜事件真不可以直情地公開地解決麼？凡是醜惡的事件莫不是欲蓋彌彰。等到它完全發酵成功，爆發出來時，就會發生更厲害更可怕的結果。我想，還是早些解決遺禍猶小，解決遲了遺禍將更烈。像這種家庭的罪惡想永久瞞著最關切的父親，想永久欺瞞社會，我想，到底是不可能的。

「你要怎樣辦就怎樣辦。總之是梅筠做錯了事，她有了相當的覺悟了，卓民也有覺悟了的，我也有了覺悟。要生要殺，聽憑你一個人處置。由你怎樣處置，我們絕不敢怨恨你的。」

母親一面揩眼淚一面這樣說。我沉默著盡聽母親的話，聽到後來，我真氣極了。她說的話完全是在迫我要和他們妥協，他們三個人好像串通一氣來謀我一個人。到這時候，我真不能不嘲笑母親的卑劣了。母親說一切唯我之命是聽，驟然聽來是何等的尊重我啊。但究其實，完全是在威迫我，恫嚇我，母親是把她的一身的生死及一家之興亡的責任全推到我的肩膀上來了。

四

「要生要殺，聽憑你一個人處置！」

這樣一來，我能夠說「好的，殺了算了」麼？她是預料到我沒有勇氣說那句話，只想利用人的同情心去掩飾自己的罪惡，這是她完全沒有覺悟——沒有犯了罪甘願受罰的覺悟——的鐵證。

母親、姐姐及卓民對於他們自身所犯的罪自己預先就很寬大地赦免了。他們何嘗是真心地要請我來裁判呢。

在現社會，所謂有知識的人，所謂先輩，所謂要人，所謂紳士，所謂父母他們做事盡都像這樣的苟苟且且，敷敷衍衍，對於友人們的紛爭，說得好聽，要來排解，其實是更緊地挑撥，明知是那個人犯了罪，但是受著感情的支配一味敷衍，想為他們把罪惡掩飾下去。

「我不管！」我決絕地這樣說。

「照你們的意思做去不好麼？只要你們喜歡遂意！我不能處罰姐姐和卓民，也不能恕宥他們！」

「但也要問明白了你的意見，才能夠決定主意。」

母親總是想把責任推到我身上來。

「那麼，姐姐和卓民是不是問明白了我的意見後才那樣做的？」我的語氣太凶了點，母親又沉默了，再嗚咽著流起淚來。我冷冷地望著她。

「她說理說不過我，想以眼淚之力來壓服我了。」

這或許是我的偏見，但是在當時的確覺得母親的流淚完全是一種狡猾手段。

「你們是想單叫我一個人犧牲。要這樣才可以掩護你們的罪惡，是不是？」

「不是這個意思。……」

母親像還想說什麼話，但我再不能忍耐了，突然地高聲地叫了起來。

「你們也該知道一點廉恥！要死的人讓她死了算了！」

我立即抽身走出屋外來，母親伏在地板上盡哭，她那個樣子真有說不出的可憐。但我再不願回他們那邊去了。一走出來，阿民把洋傘送過來給了我後，站在一邊，叉著雙

四

腕貼在胸上，茫然地像在思索什麼事情。

「就要回去麼？」他忽然問我。

「是的，我回去了。」

不知道是何緣故，這時候我的態度很穩靜。原來人類無論是哪一個，一面極端的發怒了後，一面又想表示出輕快的樣子。

「你不想回京裡去麼？」

我溫和地問他。

「想是想回去……Besie 生了仔沒有？」

「還沒有。」

「還沒有麼？該生下來的時候了。我很想回去把小房子掃乾淨，給她生仔。」

「再會。」

我向他微點了點頭，拔腳走了。

「再會。如果 Besie 生了仔，寫一張明信片來通知一下，叫筱橋……」

「我會打電報來給你。」

我輕快地對他這樣說了後笑了。

「要叫車子麼?」

「走路到車站去。」

我離開了那家屋後，阿民和 Besie 的事通忘了。我只覺得我的胸口給一塊千鈞之重的鐵塊壓住了，異常苦悶。

「姐姐和丈夫，還有母親，他們串通來謀我的!」我行了半裡多路，走不動了。太陽熱烈地向我頭上晒，路上像燃燒著般的，由路旁屋頂反射過來的熱氣不住地向我周圍襲來，我的鞋襪滿堆著黃塵，衣背上也給汗溼透了，這些苦狀更使我增添了不小的憤慨。

「好了，好了!你們儘管做，我也有我的想法!」

我真不敢翻過頭去望這村街兩旁的店鋪。我的頭部像給什麼東西緊緊地釘住了，不能自由回轉。在頭腦裡有無限的憤怒、悲恨和牢騷，非常混亂;這些感情化成一種渦流，在腦中旋轉。過了一刻，我稍為清醒了，才叫了一輛黃包車。的確，要和車伕講

四

一二句話，都覺得十二分的吃力。

趕到了停車場，待要買車票，忽然看見阿民流著一頭一臉的汗，背衣也像給雨打溼了般地跑了來。

「老太太說，請你回去一趟。」

「我討厭了！你去對他們說，有話回老家裡來講吧。」我冷然地回答他。

「但是老太太說，無論如何要請你回去。……不然，她又要罵我不會做事了。

「那沒有辦法。……如果真的有什麼事情商量，過幾天我請老爺到你們這裡來吧。你回去這樣對他們說好了。」

「這樣說了，……那更不得了。」

他像要哭出來般地說。

「一切事情你都曉得了麼？」

我無意中這樣問他。

「早曉得了！」他低了頭。

「試看，這些底下人盡都知道了，只騙我一個人不曉得了。」

我這樣想著，更覺得他們可恨，何以竟這樣地來欺侮我！我叫阿民買了車票，他一直望著我搭的火車開動了後才轉回去。

我回到家裡來時，傍晚時分了。看見父親還坐在檐廊下，眺望庭園裡的盆栽。

「你們一個個偷跑了，只留我一個老傢伙在屋裡……」父親看見我就這樣說，「你到哪兒去了來？」

「到M山去來。」

「一天來回，真有本事。母親怎麼樣了？不快點回來，家裡不得了。」

「快要回來了，再過幾天。」

「梅筠的病怎樣了！」

「好了點的樣子。」

「那我放心了。望她的病快點好，好到德國老柯那邊去。她的事情解決了後，我也安心了。」

我不再說什麼話。父親對於那件事是一點不曉得的。

四

過後父親再說些什麼話，我一點沒有聽見。恐怕因為是看見了父親，精神忽然鬆懈下來，我昏倒下去了。等到我稍為醒過來時，我已經睡在床上了。頭上戴著冰囊。腳部也安置有湯婆子，我的嘴裡有葡萄酒的香氣。

「啊！醒過來了麼？不要緊了，不要緊了！」

老父的聲音。父親低俯著頭來看我的臉，銀白色的鬚，在日光中不住地閃灼，眼眶裡飽蓄著淚珠，快要掉下來般的。我只覺得十二分對不住父親了。乳母把彩英抱前來，就抱她坐在我的懷裡。我把頰偎緊彩英的頰，流淚了。

「你安靜地休息一會吧。要抱小孩子，什麼時候都可以抱的。」

父親看見我的興奮的神氣，像很擔心。

「像這樣酷熱的天氣，一天來回，哪有不中暑的道理？中了暑，額部塗點燒酒就會好。等下醫生要來了。」

「我已經好了，沒有什麼了。」

我強作笑顏，對父親說了。但等到父親出去了後，我一個人又欷歔地哭起來了。

騷擾了好一會，我感著疲勞，睡著了。等到我給一種意外的音響驚醒來時，看見母親和丈夫坐在我的床邊，因為父親打了電報到M山去，他們都趕回來了。姐姐也到我房裡來了一趟，但即刻退出去了，她好像不好意思看見我。

「你現在怎麼樣了？」母親很擔心般地說，「接到你父親的電報，真把我嚇死了。」

「沒有什麼！」我想故意裝出鎮靜，但喉頭已經噤住了。

「一切望你看我面子吧。」母親這樣地對我說。

「你們真的是為看我的病來的麼？不要擔心我會向父親說什麼話，回來監視我的麼？」我這樣反問母親。

「啊呀！為什麼說這樣的話？」母親像給我說得著急起來了。

「你們放心吧，我絕不對父親說什麼話的。就對父親說，也沒有辦法了。」

「我錯了，完全是我不好，望你原宥我一下。我真的苦悶極了，不知要如何地向你謝罪才好。」

到後來，卓民才這樣地向我陳謝。他說了後，伸手進被窩裡來想握我的手。我嚴厲地拒絕了他。

「我不要你向我謝什麼罪！」

四

母親和丈夫看見我脾氣這樣大，態度這樣決絕，到後來都走開了。

但我還沒有消氣，還想更酷辣地恥笑他們一下。

我正在想要如何地對付他們，阿喜走進來了。

「少奶奶，好了些麼？」

她的聲音顫動著，快要流淚般的了。

「好了喲！」

「我……我，」阿喜帶著哭音說，「我一切早都知道了。他們太對不起少奶奶了。」

「好了，好了！我都明白了！」我不准阿喜說下去，因為我再不願意再聽別人講這件事了。

那晚上，卓民一夜不曾闔眼，坐在我的枕畔。姐姐也來了兩三次，但沒有說一句話。

「總之，是我錯了。過失完全在我。望你恕宥我一次，再不敢了。的確，我真是著了魔，才幹出這樣的事來。」

卓民盡是在說這一類的話。我也盡情地恥笑了他，毒罵了他一頓。

「看見你的面孔，我心地就不快活，請你到那邊去吧。」

給我這樣說了後，卓民一聲不響，悄悄地走出去了。最後姐姐到我房裡來時，窗口已經現出魚肚白了。我在這時候，才知道丈夫和姐姐通宵沒有睡。

「菊妹！」

姐姐伏在被窩上，緊抱著我，把淚溼的頰盡偎著我的頰。

「菊妹，求你恕我的罪吧！」

我不能使她臉上太下不去，姐姐的頰像火一般的熱，只有一行冷淚在兩人的頰間流落去。

「我一點不怪姐姐的。」

我這樣地回答姐姐。

「求你恕宥我，求你恕宥我。我會這樣地受罪，也是因為欺騙了妹妹，該受罰的！」

「姐姐，不要說那些話了喲！」

我只說了這一句話，姐姐才站了起來，但還是不住地抽咽。

四

「請休息一會吧，你恐怕沒有睡著。」姐姐這樣說。

「你也沒有睡吧。」

姐姐抽噈著出去了後，我又起了一種奇妙的心情。能夠使人們的心融洽的無過於人類的眼淚。只有眼淚能夠洗去種種的罪惡。一般的醫生說，只有內分泌器官才有力支配人們的精神和氣質。他們卻把外分泌器官的淚腺閒卻了。對於人生有絕大的刺激的作用的還是這個外分泌器官。眼淚對一般不相識的人們尚可發生效力，何況在姐妹之間。剛才雖覺得她的行為太可惡了，但是一經淚和淚的接合後。憎惡轉變為同情，憤恨也化為憐憫了。姐姐的那樣流著淚出去的姿態，真是太可憐了。但是這不能證明我就不恨姐姐了，實際我還是恨她。憎惡和憐憫同時占據著我的心。這豈不是一種矛盾的生活現象（Vital Phenomena）麼？

我不能不詛咒這種同情和憐憫，因為有了這種不徹底的宋襄公之仁，反害了我的終身。我對他們早該取鬥爭態度的，對她徹頭徹尾地憎惡就好了的！

我的精神給這樣的矛盾心理擾亂了許久，我希望能夠睡下去。但是我的頭腦反像火爐般地熾熱起來，快要燃燒了。

「他倆在那邊幹什麼呢?」

我又起了一陣暈眩。

「看見我病了,不能動,他倆又在,我真想起身去窺見姐姐的寢室,這本來是很可恥的事情,不過丈夫不在我的身旁,又看不見姐姐的影子,這何能怪我!?——姐姐盡在那裡哭,卓民走到她的身邊去摟抱著她,安慰她,過後和她親吻,過後,我愈想愈氣不過,愈想像,愈加苦悶。我終於挨不住這樣的苦悶,走下床來,輕手輕腳地摸索著走到姐姐的寢室前來了。

因為是夏天,姐姐的房門沒有門,只隔一重鐵的綠紗扉,站在外面隱約可以看見裡面的陳設。我想萬一看見了丈夫和姐姐間的不堪的樣子時,怎麼樣呢?一陣嫉妒之火忽然又在我胸裡燃燒起來。我的胸部像快要炸裂般的。我忙忍耐著細心聽裡面的聲息。果然有互相細語的聲音從房裡面傳到我的耳鼓裡來。

「你們真大膽啊!」

我真氣得快要昏倒下去了。在自己眼前只是天旋地轉,看不見什麼。

「我一定要捉住真贓確據給你們看!你們太欺侮人了!剛才還流著眼淚來向我謝

四

罪！」

我的手摸到綠鐵紗扉上，想推開進去。看看房裡面的樣子，更加明了了。蚊帳低垂著，我盡注意蚊帳裡面，但看不出什麼，因為電燈在蚊帳外，裡面的樣子不十分明了。

但是明明聽得見裡面有人在低聲細語。原來姐姐的床是背著房門，床正面卻向那頭的騎樓，站在門側邊只能看見床的左側面和背面的一部。

「你這樣決絕地做去，也不思念下你的父親麼？」

這是母親的聲音。我聽見這句話，背上像給人澆了一盆冷水，有點喪膽了。但同時又覺得自己最想說，「那就好極了」這一句。

「但是我就活著，也只是向社會向世間出醜罷了，有甚意思，還是死了的好。我要死，讓我死吧！」姐姐的哭音。

「那麼，我也不得活。恐怕父親曉得了也是……」這次是卓民的聲音。

我聽見忽然顫慄起來了。我像在夢中般的回到自己房裡來。

「他們說的話也有些道理。」我靠著枕頭這樣地對自己說。

「若和他們爭道理，當然是我得到最後的勝利。但是得了勝利，有甚用處呢？結果，姐姐自殺。的確，假如我是姐姐時，一定自殺的。卓民當然不能站在旁邊看著姐姐死，他一定跟著自殺。有了這些事變，平日愛重名譽的老父親，也一定不能活下去。那麼，姐姐、丈夫、父親和姐姐腹裡面的胎兒，一共四個人的生命，要為我一個人的勝利而犧牲了！四個人的生命？我一個人的勝利和四個人生命的犧牲。

我這樣想了一會後，像有一線光明射到我的心坎裡來。

「犧牲吧，還是我一個人犧牲吧。」我這樣對自己說。

犧牲！這是如何好聽的名詞喲！這是如何美麗的名詞喲！屬於犧牲兩個字，在這裡我要向你們演講一場了。簡單地說一下吧。

「犧牲」的原意是什麼？在古代是有自己提供身體的意思。據說，從前在某村中，有妖怪邪神走來向村人說：「你們把村中的第一個美麗的姑娘帶出來獻給我，如果不聽命令，全村人民就要一同受禍！」村人不得已，於是把第一美麗的姑娘牽出來獻給那個妖怪邪神了。那個美麗的姑娘就是做了全村人的犧牲！

又按「犧牲」的字面解釋，祭神的時候要殺牛，這就叫做犧牲。因為要得神的歡心，保護自己的家人，所以不惜以牛為犧牲！

四

上面所述的姑娘和牛都算是犧牲！

社會的人們為什麼要這樣尊重犧牲呢？我想這是十二分不合理的事情。基督在十字架上受了酷刑，據說是為救贖世界人類的罪惡而犧牲的。

我如果為他們四個人犧牲，算得是可以博社會的稱讚的美舉麼？我希望你們為我想一想。犧牲美麗的姑娘或牲畜是在想博橫暴的邪神的喜歡。我之犧牲是為想救橫暴的丈夫和姐姐的生命！

照這樣說來，受害者要為害人者犧牲，受更重的損害。是不是要這樣犧牲才配稱為善人，才算是有美德？現代的宗教家和道德家都獎勵人們要能夠犧牲，都主張人們該有此種美德；不過由我看來，那些橫暴的神明是該打倒的，對那些惡人也無犧牲的必要。若我的思想是至當的，那我又何必為丈夫為姐姐而犧牲了我的一生呢？如果為他們犧牲，那真是愚不可及了。

但是到了第二天，我對母親這樣說：「過去的一切都付諸流水吧。我們今後還是和和氣氣過日子吧。但是叫姐姐和卓民要……」

「啊！啊！啊！……」

母親忽然失聲痛哭起來。

「菊兒，你這樣的恩情我永久都不會忘記喲！梅筠和卓民往後絕不……」

姐姐和丈夫接到了母親的報告後，一齊走到我的房裡來。

他們像想說什麼話，但我制止了他們。

「你們莫再說什麼話，一切都當它過去了就好了。」

「真的，你是個上帝差遣來的安琪兒！」

母親這樣地稱讚我。

家中又恢復了春光融融的狀態了。我也離開了病床和他們一同玩一同說笑了。只有阿喜沒有半點笑容，她還是和平日的態度一樣，緊咬著下唇，恨恨地盡注視著我的臉。

「少奶奶，你給他們騙了喲！」

「你的性情真固執！」我這樣地教訓她。

「望少奶奶要寬恕我。」她像很受了冤屈般地在揩眼淚。

「你真是個安琪兒！」這句褒獎永久留在我的耳朵裡了。我自己也覺得我的態度真

四

是人所難做到的。一個女子能忍人之所不能忍，免恕了敵人的罪惡，像基督般呼猶大為友，和他一同晚餐，像我這樣的洪量和慈祥哪個女子能夠做得到呢？像我這樣的犧牲又有哪個女子能夠忍受呢？連我自己都覺得這樣的美德是堪讚美的。

「姐姐定是很喜歡的，卓民也定喜歡，母親當然喜歡。」

這是我賜給他們的喜歡，我想到這一點，便感著一種道德的矜持（Pride），這是由我從前在學校裡所受的良妻賢母的教育所生的產物——令人不能不深致感謝的產物。

但是這種喜歡這種矜持能夠繼續至何時呢？我是活著的女性，有情感也有性慾，有個性也有競爭。假如人是木石，那倒可以隨意配置，這是柱，這是梁，這是階檐，這是石段，適用一種法則去處置它們。但是活的女性怎麼可以全用道德或良妻賢母主義去支配她們呢？我在這裡，我要再三申明，即我是個活的女性，單以什麼道德什麼主義是不能使我滿足的？跟著時日的進行，愈覺得自己的犧牲完全無意義，知道犧牲是再蠢不過的一件事。在這時期中，別一種思想從我腦裡湧出來了。

丈夫和姐姐在我面前表示出知罪的樣子，態度極謹慎時，我的心裡倒很平和。但是我哪裡能夠時時刻刻監視著他倆呢？又有時他們的態度有些輕薄，或相嘲笑，或相吵嘴，給我看見了時，我的心裡又失掉了和平，自然會發生嫉妒。老實說，我是想無論在何時何地，都能夠監視著他們，把他倆當作囚徒看待。

卓民又漸漸地和我狎昵起來，他以比從前更深刻的更猛烈的欲愛施到我的身上來，熱烈的擁抱也比以前頻繁了。我明知他的這樣舉動完全是故意的而不自然，所以我常常嘲笑他，揶揄他。但是嘲笑儘管嘲笑，揶揄儘管揶揄，自己還是不能不接受他的欲愛；不能不任他擁抱，這是因為我寂寞得太難堪了。像這樣的，我和卓民間漸漸恢復了從前的親密——不，比以前更加親密了，不過，雖然親密，我的腦裡已經深深地種了一個永久揩不掉的成見，就是「這個人是有缺陷的不能做我的完全的丈夫了」。想到這點，我是如何的苦悶啊！

家中雖說是恢復了和平，但絕不是從前的家庭了。姐姐每日都在說要再避暑去，但是不見她有動身的意思。她像極力地去規避卓民，卓民也不敢多向她說話了。表面的樣子是很平和，但是內部卻低迷著陰鬱的空氣。

有一晚上，吃過了夜飯，父親異常高興地叫了過街的三弦拉戲的進來，要大家都來聽他們拉唱種種的歌曲。父親說，要這樣才能消暑，才能解悶。

四

父親本來喜歡這一行的，但也許久沒有叫了。不知為什麼緣故他今夜裡特別的高興。在我看來，父親定是看見我們間的空氣太沉寂了，並且我總是整天鬱鬱寡歡的，所以想借此機會叫我集在一塊兒開開懷。簡單地說，就是父親看出了我們間有了感情的隔閡，特叫了拉戲的來開個家庭懇親會。

父親對於古戲曲是特別有研究的。有一出什麼戲曲，現在忘記了它的名字了。據說是明末清初的一位名人作的，那篇文章已經值得我們嘆賞了。我對於這些是門外漢，不感到什麼趣味。從前父親高興時，他自己唱，或叫拉戲的人來陪著唱，我只覺得嘈雜得討人厭。現在給父親懇切地說明了它的來源及曲中的情節，我不知不覺地也就感著些趣味了。尤其是那篇美詞佳句，打動了我的心弦不少。原來我的性格和姐姐的不同，姐姐喜歡近代流行的新文藝，而我則覺得近代的新小說是沒有一本堪讀的，我愛讀的還是《長恨歌》、《琵琶行》一類的詩，《西廂》也是我愛讀的一部書，《紅樓夢》我就覺其粗俗得不堪了，還趕不上今古奇觀裡面的《王嬌鸞百年長恨》一篇有趣。

現在父親叫拉弦師拉的一出的情節是這樣的：

一個男性的主角，大概是所謂文武兼全的英雄豪杰。他原娶了妻的，妻也是個德容兼備的賢內助。但是那主角還是不能滿足，到後來又在花街柳巷中結識了一個女子，據我推度，大概是一位病態的美人吧。他倆的戀愛一天深似一天，到後來那個妓女要求男主角為她脫籍。男主角雖然答應了，但是鴇母的要求過奢，他們受了經濟的壓迫，不能達到同居的目的。

到後來那個妓女卻罵那個男子不中用。男子氣極了，才回到許久沒有回來的妻的家中來。妻還是十分柔順去安慰男人，問明了原委，她不但不嫉妒，反而說要為他們盡力，並且說，她很同情於那個妓女，希望丈夫務必替她脫籍。縱令經濟有些不足，她和小孩子的衣食也可以儘量的節縮，以成此美舉。

「你願意這樣的犧牲麼？」她的丈夫問她。

「妻是丈夫的內助，為要使丈夫在社會上立身成名，妻是有這樣的義務去安慰丈夫而犧牲的！」

拉唱到這個地方，音調分外的激越。本來情節是十分淺薄的，不過聽覺器官上受了這樣的 Sentimental 的刺激，自然也就起了悲壯的感情。我明白了曲裡面的情節，也就自然而然地入神聽下去了。

曲中的主角的妻竟有這樣悲壯的心情，竟有這樣的犧牲的決心。受過舊式的賢妻良母的教育的女性，當然盡會受她的感動。母親的眼眶裡已經飽和著淚珠，準備一有機會就掉下來的。

那個男主角於是十分感激他的妻，便和妻商量今後的計劃。

「那和她同住後，你和小孩子怎麼樣生活呢？為了她一方，就不能不犧牲你這一方了。」

「那不要緊，你去吧。你不必顧到我們母子。你只努力你的前程好了。你走了後，我做人家的乳母也好，做人家的女僕也好，小孩子我負責養活他就是了，請你不要擔心。」

當然這完全是不近人情的說話，但那個女人的神經像很強，能夠說出這些話來。我想她不是對她的丈夫完全沒有了愛情，便是故意說出這些話來去激她的丈夫反省的。假如她還愛丈夫，她又不是瘋狂了，怎麼會說出這樣不近人情的話來呢？但是一般的讀者對於女人的心理一點不加研究，只是按字面解釋，讚美那個女人的偉大，說她能夠犧牲去成全丈夫的事業。我想世間不少聰明的男人絕不是沒有人注意到這樣的男女間的不平等，不過他們還是故意去極力讚美那個女人的犧牲之德以便保持他們男性的特權——多妻主義的特權，可憐的就是我們女性，一點不加研究，也就跟那班自私自利的男性讚美那種不近人情的女性的犧牲，以為是一種美德！

父親聽到這段，感嘆著大稱讚特稱讚起來。他說這真是篇名作，穿鑿人情之機微，真是無以復加。你們想想，這豈不是笑話？舊的禮教，虛偽的禮教，有這班人去替它維持，難怪它像銅牆鐵壁般不容易打破。在這虛偽的禮教下，不知活活地犧牲了多少女性喲！

像我的父母那樣頑固的一幫老人都是邪神妖怪啊！像我們不能獨立的女兒都做了被犧牲的牲畜啊！

母親聽到那個女人要和她的丈夫分手時，居然抽咽起來，流了不少的眼淚。大概她是在直感著和丈夫生離的悲痛。我想，像那樣無情的丟妻戀妾的禽獸，不好的丈夫，還有什麼可留戀呢；早分手不是痛快些麼？想我為他哭麼？我絕不會這樣蠢笨的。丈夫的心已經趨向別的女性了，我不會也去找個我所喜歡的男性麼？

父親在反覆地稱讚這篇戲曲的作者，但是我想這個作者真是女性的罪人。

四

這時候，我看了看卓民和姐姐的態度，姐姐和卓民相對視了一會，就都低下頭去，彼此都在微笑。

「他們這樣地眉來眼去，是表示些什麼意思喲！」

我當下這樣想。他們也在嗤笑曲中的女主人的愚蠢吧，並且以她來比擬我吧，那就太豈有此理了。

看見我在注意他們，他們便急急地各轉過臉向別的方面去了。那種樣子真叫人看見懷疑，也叫人生氣。

我也不明白是何道理，我已經表示完全恕宥他們的罪了，也表示過往後一同和睦地過活下去。但是今晚上看見他們又在眉來眼去，心裡又起了一種不安，也感著嫉妒。

我不是表示過我要做良妻賢母麼？何以內心又會起這種激動呢？隱祕著這種激動這種嫉妒，單是表面上裝出寬大，這豈不是一種虛偽？這真是不自量！沒有良妻賢母的資格而偏想學做良妻賢母，不要再戴那個假面具了吧！

以後我便不住地對他們取監視的態度。自己覺得不取那樣的態度，便不能安心。本來想做良妻賢母，就不該這樣淺肚狹腸的。到後來，姐姐像挨不過我的監視，終於起身走出廳外去了。我也再無心聽他們的拉唱了。曲終的時候，曲調真是高唱入雲；在戲院裡唱時，定可以博得聽眾的喝彩的。但是此刻的我們大都無心細聽了，只有父母揩著額汗在說：「佩服！佩服！好！好！好！」

算唱完了，大家開始批評了。

「怎麼樣，菊兒？」父親笑著問我。

「嗯，很有趣。」我這樣說。

「做妾的可憐呢，還是妻可憐？」父親又問。

「雙方都可憐。」

「那個男人怎麼樣？」

「完全是個禽獸！」

我這樣說了，我自己也覺得我的口氣也有點咄咄迫人，父親像吃了一驚。

「啊，啊！料不到你這樣的度量小。」父親笑著說，「卓民，如何？她的話對不對？」

「哈哈哈！……」

四

卓民只裝出狂笑的樣子。

「少奶奶的話是對的。」

拉弦師一面收拾樂器，一面插口說。

「這個人也是和曲中的男主角一樣，一個男人玩弄兩個女人！……」

我當下這樣想，雖然是一瞬間的感想，但自信是沒有半點錯誤的。

我在這時候佩服那個拉弦師了。最初很看不起他們的，料不到他們竟會和自己抱同樣的見解。

「父親，那個做正妻的，也是個再蠢不過的女人。」

「哈哈！你又做翻案文章了。為什麼？」父親摸著鬍鬚反問我。

「她為什麼要贊成替那個妓女脫籍，又把丈夫讓給她呢？」

「因為是丈夫喜歡那個妓女。」

「那麼，她自己不愛丈夫了？」

「又講到『愛』了麼？照現代的新名詞應該怎樣說法，我不曉得。總之，她的意思是：要成全丈夫和那個妓女的戀愛，才是真的愛她的丈夫。」

「那麼，她是放棄了人妻的權利了？」

「那是叫做犧牲。」

「我不喜歡！所謂愛，根本是自己所專有的。如果看著自己心愛的人和別的女性發生關係，一句話不說，那一定是對丈夫沒有愛了，否則她是懷著一種卑劣的功利的欲求。」

「她如果有功利的欲求，為什麼又願意當人家的乳母，當人家的雇工去呢？」

「那是道德的功利慾。她是虛偽地想博一個賢妻良母的美名，硬著心腸去忍受那種精神上的痛苦，她絕不是真心願意忍受。」

「如果有那樣的欲求，那樣好虛名的人，絕不會勉強去忍受那樣的痛苦了。」

「我真不明白那個女人的心理。」

「犧牲就是最大的愛。耶穌基督就是個代表。人們是應該有犧牲精神的。」

「放蕩的丈夫，還是快點和他離開的好！」我愈議論，愈沒有好氣。

「卓民你聽著，要留心些，不然鬧出亂子來時不得了。哈哈哈！」

四

父親笑了。姐姐和卓民的事，他還完全不知道。

我回到自己房裡來後，還是盡想那些事。父親所說的一切的話，有點像是他自己說的，又有些不像他說的。我也有點陷於無所適從的狀態了。

「離開他吧！還是早點分手的好。」

於是我又想像到和丈夫分手後的情形，到那時候自己怎樣過活呢？深想了一會後又覺得不容易和他分手，因為我實在捨不得他，這是證明我還在十分愛他。這並不是由於夫妻關係的惰力，更不是為想保持一家的平和，根本是我還在戀愛著丈夫。

我從前還不知道我愛丈夫如此之深，到今日想和丈夫分離時才知道不容易分手。你們看，我是如何地傷心喲！但我對丈夫的猜疑絕不因深愛他而消失，這又是使我更加傷心的喲。丈夫的行為，在這社會中，本來是很尋常的。從前我有朋友也是因為嫁了這樣的丈夫，受盡苦痛。那時候我真看輕我的朋友，她太不中用了，娶妾嫖娼的丈夫還和他同樓做什麼！丈夫因為不愛自己才出去放蕩，對無愛的丈夫，只有分離的一法。死守著這樣的丈夫，每天吵嘴，每天嫉妒，有時還要驚動朋友親戚來調解，像這樣的女性，真是太沒廉恥了，完全是奴隸了。但是今天輪到自己身上來了。現在我才知道那些女人的苦衷。我想社會中再沒有比夫婦關係複雜微妙的了。夫妻的關係絕不是第三者所能窺測的。因為有相處多年的習慣，有精神上的聯結，有性慾上的聯想和固執，及別後的寂寞和想像；此外還有已經不是處女了的缺陷；又父母兄弟朋友等的關係，以及愛子的前途的思慮，再加上繁累及煩苦，年齡和顏色的老衰等等原因；有其中的一個已經足以妨害夫妻的分離。日後我終於跟另一個男子私奔，你們就不難想像我是出於萬不得已的啊！

「我不愛我的丈夫了，我詛咒結婚，我不住地在求愛，我求著了愛，愛上了丈夫以外的一個男人，所以我為愛而拋棄了形式上的丈夫，我是愛的使徒！」

這是近代 Modern Girls 最合意聽的戀愛的說教吧。我如果這樣地對大家說，大家定拍掌稱讚我吧。

但是我絕不這樣說的。我的確還深愛我的丈夫。因為愛過他，所以才有日後的結果。我想我的冷息了的身體橫臥在鐵路上，等到我的丈夫來看我時，他定這樣說：「菊筠還是愛我的啊！」

四

五

為父母，為家庭的名譽，我只好隱忍一切，只好抱達觀；一句話，我是犧牲自己以成全他人，要這樣才能保持一家的和平；所以全家人都稱讚我的洪量，我的美德。但是這個洪量這個美德於我有什麼益處呢？何況我的「隱忍」絕不是自己甘心情願的隱忍，而我的達觀也是不徹底的達觀；無可奈何的隱忍和達觀原是消極的，絕不是根本的大悟。我是人類，我是有活力的生物，有血，有淚，也有欲。叫我過嚴冬時的枯木般的生活，我是不能忍受的。沒有辦法時可以隱忍，可以假作達觀，但反轉來說，如果有方法時，那就不能隱忍，也不抱達觀了。像我這時候的處境，真的全無辦法了麼？

我的隱忍完全不是我願意的，我只在相當的期間內抑制住我的快要激發的感情，絕不是消滅。我的胸裡也常常會燃起嫉妒之火來。嫉妒本來也有種種：自己是完全對的，對手方是完全不對的時候起的嫉妒；自己也有幾分不對的時候起的嫉妒。這兩種嫉妒一般占最多數。我的嫉妒是屬於前者，我是內省不疚，所以我是強者，不論從哪方面說，

五

母親、姐姐及丈夫對我都不敢有一言的辯駁；外表看來我明明站在勝利者的地位，但我仍覺得我的精神是屈服的，受著周圍的壓迫。

「以力服人者非心服也」，這確是千古不變的格言。我覺得單以理論去駁倒反對我的人們，這不過是一時的折服，而非永久的服從。以情害理，因感情而磨滅真理固然不可，但是人類還是有情感的動物，欲使反對自己的人們折服自己，除用理論去鬥爭外似宜輔之以虛心坦懷才能達到目的。從事謾罵，徒事攻擊，那不但不能使對手方折服而且會引起第三者的反感，結果會失卻多數的同志或同情者。

要有絕對的勢力，須得到多數的民眾的擁護。是非曲直可以不問，只要是占多數的方面，就可以得到勝利，明明是他們不正，但是他們占多數而我只一個人。不錯，他們現在是一同拜倒在我的腳下表示降服，但是他們之服從我敬畏我，完全是因為我能做犧牲的偶像。換句話說，我要做偶像，我要沉默，否則他們絕不服從我，不敬畏我。你們想，像這樣，我還算得是個自由的人麼？

不過我也有同志，阿喜即是我的同志，阿喜常走到我面前來，流著熱淚說：「少奶奶你該快些拿出一個主意來！」阿喜看見我有話想說不敢說，每天只受他們三個人的愚弄，連她看見都忍受不下去了。她的憤怒有時候竟向姐姐的女僕爆發出來。

「你算是什麼東西！你的主人是能夠高聲響氣說話的人麼？你知道誰在庇護著你們？要不然，社會上當你們是怎麼樣的人了？」

我聽見過好幾次阿喜這樣地罵阿定。我每次聽見，阿定叱罵她不該多嘴多舌。好勝愛強的她，每次給我罵了後，就跑到庭園的一隅去啜泣。她的心是十分忠直的，不過性情急躁，也有些地方是很幼稚的。我又常看見，她在洗衣裳的時候，只呆呆地雙手按著腳盆沿，在流眼淚。當然她完全是為我流淚啊！

她的裝束還是少女的，看她的側臉，也還是個小孩子。但爭論起事來，她絕不肯讓點步。

有一次她又這樣來勸我：「不叫大小姐出去，那就你自己離開他們好了。」

我也並不是不曾這樣想過，因為照這樣放任下去，是沒有了結的一天。

阿喜還常常到我的睡房裡來報告：

「少奶奶，少爺又到大小姐房裡去了。」

不問有沒有這樣的報告，我原來還是疑心著丈夫和姐姐定在繼續那種關係。不管丈

五

夫如何地向我發誓，我還是不能相信。

有時候我半夜裡起來打開門一看，不見丈夫的影兒；有時候姐姐說到親戚朋友家裡去歇宿，那晚上丈夫定很遲才回來；像這些事實都會使我妒恨而感著不安的。沒有這樣經驗的女人絕不會知道此中的苦況，同住在一家屋裡，丈夫在那邊和另一個女性不知在做些什麼事體，你們試想一想做妻子的人是如何難堪的喲！受了他們的欺騙，受了他們侮辱，我已經有無窮的怨憤和悲恨了。其次難堪的是醜惡的性的聯想，差不多要使我苦悶至於發狂，我只是睡在床上翻來覆去地苦悶。在這樣的時候我只有逃到彩英的房裡來，想由彩英去解除我的苦悶。乳母袒著健康的胸脯，露出富有筋肉的臂膀，睡在彩英的身旁。彩英像可愛的洋囡囡般地，雙手高舉著近肩膀邊，也甜蜜地睡著了。我盡情地在彩英的小小的圓形的手上和頰上接了一陣熱烈的吻。

但我的苦悶還是不能完全地因此而忘卻，因為做母親的感情和做人妻的感情完全不同。做母親的感情是絕對的純潔的愛，至於做人妻的感情是有性慾，也有鬥爭。

「但是我還是每天看著丈夫的放蕩而不敢說話。」

我想到這點，我就痛切地感著非快把這件事解絕不可了。

我終於跑去向母親商量。

「你老人家要想個辦法才好。」

母親也因為他們的關係仍在繼續而痛心，並不是不替我抱同情，不過她是個瞬間的享樂者，如果當天能夠平安過，縱令告訴她明天會有大禍臨頭，她也是一點不管的。我一向她提出問題，她當時像狼狽得很不堪的，但到了第二天她又完全忘記了，像沒有那一回事般的。

「還是我搬出去住吧！」

到後來我終於這樣對母親說了。

「你那樣做，宣傳出去了還成個樣子麼？你走了，梅筠還能夠住在家裡麼？」

「那就請姐姐搬出去好麼？」

「當然那是最好的方法。不過不是她本人願意，弄出了什麼長短，那麼，卓民也要離開這家了。」

「母親盡是同情於做錯了事的人們，對我反沒有半點同情，也算公道麼？」我這樣說了。

「因為做錯了事的人自暴自棄，我反轉怕他們。」

母親這句話倒是真心說出來的，她的確是怕他倆攪亂了家庭的和平，敗壞了世家的家聲。

「那你料定我就不會自暴自棄麼？」

我冷冷地這樣諷刺母親。在這瞬間我感到一種力了，是什麼力呢？簡單地說是：「一個人若太愛和平了，結局只是自己吃虧。」

我從那件事情發生起，直至今日為止，我總是取消極的態度，只是一個人沉悶著思索。但是到現在想一想，自己是理直氣壯的，為什麼對他們反轉要表示屈服呢？我也狠狠地鬧一鬧吧。

父親如何氣惱，世間如何毀罵，我是再不管了，也不怕的。過了幾天，我試著考察考察我的周圍的人們，我不能不吃驚，因為沒有幾個對我抱同情的人。

母親、丈夫和姐姐因為自己有了缺點，對於家裡的傭人，不能不盡情討好；底下人縱有錯誤，也不敢直情地指摘，而只是用懷柔手段了。至於我呢，因為自信理直氣壯，對於丈夫和姐姐又沒有好氣，有時不免遷怒到傭人身上去，所以對底下人氣性來時，都不客氣地斥罵。其實我並不是真罵他們，只是對丈夫和姐姐的壓迫的一種反抗的表示而已。

嗣後，我常常跑到外面去玩，也不再和他們一同吃飯了。圓滿主義者的父親，常常要和家人聚在一塊吃飲食，談談笑。我連這樣的家庭懇親會也不參加了。

對一切的人們反抗，是一種很痛快的事。但這不過是我的長期間的抑鬱和煩悶的爆發。古人的教訓是，不該遷怒他人。

其實我哪裡敢遷怒於他人，不過每日每夜都狂悶著的我，若不對那些人發洩發洩，我不但置身無地，並且像不能再活下去了。我既然這樣常常怒罵人，他們便也對我沒有好感了。

結果，我是樹了不少的敵人，底下人盡都嫌惡我了，這是不難看出來的。

女僕和雇工們對於正邪是完全沒有判斷力的，也不知道尊重人的意思，更不會原諒人的苦衷。只有稱讚他們，待他們好，給小利給他們的就是最好的主人；縱令犯了罪惡，他們還是愛戴他的。

女僕們最初看見姐姐私占了我的丈夫，我還在隱忍，一句話不說，她們還是女性，

五

對於我的苦衷原抱有多少同情的，但到後來看見我的氣焰這樣高，常常表示反抗的嚴厲的態度，他們便對我失掉了同情。不單女僕，社會也是一樣。天下哪裡有什麼是非，哪裡有什麼真理，所謂輿論，只是由利害關係決定的。

你們不看看那些有名的大報章？它們的記事哪一項是真實的。對於表面的情形固然大書特書地登載，但對於潛伏在裡面的真相，卻一點不加以探求。像這樣哪裡能夠代表真正的輿論呢？

還有一個很好笑的例，我在這裡說出來給你們解解悶吧。

A、B和C都是朋友，有一次A和B間發生了意見，C便出來自負排難解紛的責任，寫信告訴A說：「聽說你和B間，意見有點參差，讓我來替你們解釋一下吧。」憨直的A，信以為真，便把B如何的誤解他的經過告訴了C，他沒有預想到C只吃了B的一頓飯便會把他的自告奮勇的責任丟開，只把A的信暗地裡給B看，以報答B的一飯之恩，所謂解釋反增加了A和B間的糾紛。你們想想看，只是一飯之恩，便可以左右人的意識。這就是近代的世界觀喲。

我又常常把我自己所熟悉的事實和同時載登在大報章的兩兩比較，知道所謂代表輿論的機關，絕不會赤裸裸地把社會的真相告訴我們的。所以我每看見一種用大號字標題登出的新聞，還是這樣想。

「這個記事也定是捏造出來的。」

到後來我四面都是敵人了。為我表同情而孤軍奮鬥的，只有一個阿喜。男僕方面對我表同情的，只有一個顏筱橋。他雖然不多說話，但常常留心我身上的事情。他和阿喜也很要好，阿喜有時想哭，便走到筱橋房裡去盡情地痛哭。

我的心更加悲哀，更加孤寂了。我漸漸地失了全家的人心。姐姐方面反得到了他們的同情。僕人們都重愛姐姐了。

到了夜間，我的苦悶愈加猛烈，有好幾次我很嚴厲的叱責卓民，質問卓民；但他只是抵賴，完全否認，他說他已經早和姐姐斷絕了關係。

每次和丈夫爭辯，也得不到什麼結果，到後來只說嫉妒甚深的幾句話做結論罷了。這是愈使丈夫知道我是黔驢技窮了。

有時我也想過自殺，有時又想脫離了家庭跑出去過浪漫的生活。受著猛烈的嫉妒的壓迫，終於不堪其苦常沒有目的地跑出外面去玩。但我喜歡到的地方，只是古寺、墓地

五

和寂寞的園林。孤獨的我走到這些幽寂的地方，獨自徘徊，重新咀嚼孤獨的滋味，這時候淚珠自然而然地一粒粒地掉下來。這眼淚可以冷息我的頭腦，我重新感著悲痛，思念父親，思念彩英，於是又因為我常常一個人出去，跟在我後面暗暗地監視著我的，便是顏筱橋。母親看我的臉色不同，又說要出去時，她便叫顏筱橋跟了我來，看我到什麼地方去。經一點鐘兩點鐘之久，他都遠遠地看守著我，因為走近來時，怕我罵他。

我每次跑出去，全家人都很擔心。我看見他們擔心，心裡便感著痛快，才得到一點點的安慰。我覺得叫他們一同擔心，叫母親和丈夫憂慮，自己便感到一種滿足；其實這也不過是欺騙自己的無聊的安慰。

因為想多叫他們憂慮，我也漸漸很多濫亂的舉動了。有時我半夜裡跑出去，有時叫了街車，脫離了筱橋的監視，一個人趕到海口，在旅館裡歇了一夜才回來。

但是我這樣的復仇的行動，結果只是增加了人們的反感罷了，又是黔驢技窮了。母親和丈夫早看慣了我的這種虛嚇手段，一點不驚了。我愈濫亂地做，回家後愈覺得不好意思和他們見面了。

到後來想了想，覺得自己完全像一隻投身到蛛網上去了的黃蜂兒。我最先看見蜘蛛和黃蜂鬥爭，黃蜂得勝，蜘蛛向左逃避再向右逃避，黃蜂得意地在猛烈地吶喊。但蜘蛛很巧妙地躲過了黃蜂的鋒銳，而在黃蜂的周圍張起羅網來。蜘蛛很敏捷地在左右轉動，不一刻，網羅張成功了。

黃蜂，到後來，就不知不覺地陷落在蛛網的正中了，想逃已經來不及了，因為不能振舞她的雙翅了。黃蜂雖然提著有銳利的劍，但終無所用，冤死在蜘蛛的羅網上了。我正和這隻黃蜂相似，父母和家聲是束縛我的羅網，姐姐和丈夫就是狡猾的蜘蛛，躲在這羅網之後，靜靜地望著我郁死在羅網中。像這個樣了，我要怎麼樣才好呢，該取什麼方法對付他們呢？家中的人們又盡是我的敵人！

對於這件事，我想仔細地加以思考，我打算到M山去住三四日才回來。

「我也陪你一道去，在那邊痛快地耍幾天。」

卓民這樣對我說。但我看透了他是假意的，沒有傾聽的必要，我還是一個人搭了火車趕到M山來。

那晚上睡在M山洋房裡的我，真是悽慘。我因為不想聽也不想看家裡的那些討厭的事，才到M山來的。但是在這裡除了一個看房子的老頭兒之外，不見一個人影，坐在像

五

古剎般的

小洋房裡，聽著山風嗚嗚地吹；你們想，那是如何的淒涼慘淡的景況啊！我一夜不曾闔眼，我的心仍然跑回老家裡去了。

「卓民和姐姐現在怎麼樣了？我不在家，他倆更無所顧忌的……」

由這樣的開始想，跟著便有種種的聯想，這些想像使我由頭到腳都顫慄起來，比在家中時更加苦悶了。

卓民還是沒有跟著來，我當然不望他來，但是又禁不住要恨他對我的完全無關心的態度。

我決意複雜了，決意向他們宣戰了，我想給丈夫和姐姐以一個致命傷。

但翻想一番，又覺得自己是十分矛盾。我不是已經表示恕宥他們了麼？為什麼又說復仇呢？不過說要復仇我還是有口實，卓民不是向我發了誓不再和姐姐繼續醜的關係麼？現在他背了誓約。我要捉住他們還在繼續醜關係的真贓確據，他們才啞口無言。

第二天一早，我離開了M山。我不即回家，自己一個人到中央大劇院去看戲，我打算到夜裡才回家裡去的，下半天只好在劇場裡混過去。其實我也無心看戲，只希望時間快快地飛去。我買了樓上的頭等票。我只是在夢中般地望著舞臺，我只看見裝束華麗的男男女女，我只聽見鑼鼓喧天，此外再沒有細聽，也沒有細看了。我只覺得滿肚子的悶氣。

我無論到什麼地方，精神都是一樣的痛苦喲！

第一幕演完了，等到第二幕開幕還有十分鐘，我想到食堂裡去吃點飲食，站了起來望望下面，看見由舞臺前數去第三列正中的席位前立著一個人，西裝的外衣襟上插著一朵紅花。

我胸口跳動了一下。站在他旁邊的是姐姐的背影，姐姐旁邊的是背項微屈的母親。卓民先離開席位，讓出路來叫母親前頭走，他和姐姐在交頭接耳不知說些什麼話。他們走向外邊，在人群中消失了。

「真是太豈有此理了！他們眼中完全沒有我了！」

我這樣地對自己說，但身子一時動也不曾一動了。

開幕的鈴響了，我又看見他們三個回到原來的席位坐下去。我在後面看他們，他們的一舉一動都難逃我的觀察。電燈熄了，接近舞臺的部分更能引人注目，我看見卓民時

五

時伸首到姐姐的頰邊去，不知說些什麼話。

卓民的手巾有時給姐姐拿了去，有時又交回到卓民手中來。

「他倆才是一對夫妻呢！」

我這樣想，像這樣的場面豈不是上帝的惡作劇嗎。我的胸口像快要燃燒了，我的苦悶也不是可以言語形容的。但只一瞬間，我的心裡又漸漸變了。我希望他們間有更露骨的舉動，不然不夠刺激，不能叫我感著痛快。大概是希望他們的態度愈露骨，自己的複雜心也就會愈緊張起來的緣故吧。

我決意先回家去，慢慢地想出一個計劃來。但是坐在四面八方都是敵人的家裡，是異常危險的，還想得出什麼好計劃來？我有點動作，他們馬上會去報告給母親、姐姐和卓民吧。

等到戲幕全體演完，真是一個很長的時間。我想先走不看他們，但同時又捨不得不看。偷看他們，給我以一種苦悶，同時又給我以一種快感。

「他們兩個有這樣的行動，是我意料中的事。可是母親太可惡了。她以為我不在家，便可以枉作枉為。出身微賤的女人到底難免露出她的本色來啊。」

看見母親公然承認姐姐和丈夫的關係，我更看輕她的人格了。雖然說是青樓出身的人，但對於正邪總該有點辨別，縱令說是對姐姐的同情，但也不該慫恿他們幽會，不該獎勵他們繼續姦通的罪惡。

姐姐出嫁了的，我才是祝家的承繼者，但母親對被離婚了回到母家來的姐姐像特別憐惜，特別同情。當然，我對姐姐的身世也極表同情，但關於這件事他們三個不該串通一氣來謀我啊。母親如果能夠出來稍稍主張公道，對他們正告一下，那麼他們或者會斂跡些。母親今天竟公然陪他們出來看戲，那麼他們的罪惡不是由母親慫恿成的麼？母親真太無理性了，由無理性而至無恥。

戲演完了，我急急地先走出來，叫了汽車先趕回家中。叫車伕開足速力，駛到街口，就下車來，打發汽車走了，自己偷偷地走進家裡來。家裡沒有一個人知道我的回來。我由側門走進，想穿到庭園裡去。Basie看見我，向我身上撲來，它抓抓我的衣腳，舐舐我的手腕後，低下頭去在地面旋轉著跳。我怕它驚動了家裡的人走出來，給他們曉得我回來了不很妥，於是我裝出撿石子打它的樣子去趕開 Basie。由庭園轉到後層了，女僕們的房裡沒有半點聲息，我靠近玻璃窗望瞭望裡面，三個女僕都在歪臥著打瞌睡，此外聽得見的是嚶嚶嗡嗡的蚊的啼音。

五

我想阿喜在做什麼事情呢？乳母和彩英又怎麼樣了呢？我邊想，一邊走回中堂左的廂房裡來。因為天氣熱，門扉沒有閂，乳母和彩英都睡得很熟了。坐在她們床邊的是阿喜，她正襟危坐著像在思索什麼事情。她的還帶點稚氣的臉上，滿泛著愁色。她看了看彩英的臉後，就低頭嘆息。我如不在家，就有許多人欺侮她，她常逃到乳母房裡來。我覺得她真是可憐。

我正在偷看她們，忽然聽見汽車的音響，我站在內屏風後，偷望她們回到大門前來的模樣。汽車橫停在大門前，卓民先走出來，他先牽著姐姐的手讓她出來，然後再牽母親的手。

他倆的樣子儼然夫妻般的了。女僕們和家丁們盡走出來恭恭如也地迎接他們。他們三個進來了，大門便上了鎖，門廊的電燈也馬上關熄了。

他們大概衣服也無暇穿換，都聚在客堂裡在開始批評今天所看的戲吧。我也不高興再去窺探他們的狀況了。

我在後堂屋裡黑暗的一隅，坐了一個多時辰，蚊子成群猛烈地來襲擊我，為要避蚊子的攻擊，不能不起來在堂屋裡行走，但又怕給他們覺察了。我聽見洗澡間裡滿鬧熱，大概是卓民先進去洗澡，其次進去的是母親或是姐姐，我可不曉得了。

夜漸深了，聽見好幾處門房門的音響，忽然聽見——陣說話的聲音和足音但突然地又停息了。屋裡各廊下的電燈全熄了，坐在後堂屋裡什麼都看不見，只是一團漆黑了。我真有點害怕，我想又到了他們犯罪的時刻了。我在女僕房間前走過時，聽見三四個呵欠，隨後又聽見低聲說話的聲音，但只一瞬間，又沒有聲息了。我橫過了天井走到通到新洋房的樓梯下，輕手輕腳地攀上去，走到姐姐的睡房前來了。

姐姐房門首掛的是青竹簾，從天花板正中吊下的是一盞有綠紗罩的電燈，映著不住地給涼風拂動著的青色紗蚊帳，真是另具一種柔情，十分好看，從那邊騎樓口，常有南風吹進來。

我站在門外黑暗的一隅，房裡一切模樣都明了地看得見。我的胸部轟動起來，全身的熱血也像盡湧上頭部來了。雙足不住的戰抖，上下齒也不住地互相打擊。

「你們說，你們早斷絕了關係?等下我就拿出證據來給你們看吧。」

我覺得對他們復仇的時機迫近目前了。

五

六

淡青色的蚊帳映著銀紅色的帳帷，淡綠的燈光映著裱有淡藍花紙的壁，真是一幅圖畫。姐姐從騎樓外走進來，她穿著一件新從大公司買來的東洋式浴衣，給兩端有纓的絨繩鬆鬆地繫著。

她因為沒有穿慣日本式浴衣，雪白的胸脯差不多整部的露出來。我想，她定是故裝妖嬈，袒胸露臂去蠱惑卓民罷了。

果然，她一走進來就解帶了，那件浴衣從她的肩背上落下來。那是何等 Sensual 的姿態喲！她的腰間只繫著一條粉紅色的短褲，此外雪般的肉體全部露出來了。

我才曉得丈夫何以這樣迷戀著姐姐的原因了。我從沒有過像姐姐這樣大膽這樣挑撥的舉動。像她這樣的純用肉感的手段，平時就不甚規矩的卓民，哪有不陷落下去的呢。

姐姐穿著衣服時身材像很瘦削，但是她的肉體並不見得這樣瘦，還是富有曲線，胸部、腹部、背部、臀部、腕部、腿部、筋肉都是十分圓滿。尤其是由肩部至胸部的曲度

六

(Curvature)十分適宜，乳房高高地向前突出。姐姐真是個最理想的模特兒兒，就是鐵石心腸的人看見，也定消魂，何況最無品行的卓民！我在這時候只有自慚，生育過來的我的身體的曲線美趕不上姐姐的了。

我注意到姐姐的乳房的尖端已經帶幾分暗色了，於是我留心她的腹部，但是大部分隱在那條短褲中看不見什麼變態。

姐姐脫去日本式的浴衣，換穿上件對襟的白竹布寢衣，很輕佻地像小孩子般跳上床上去了。像這樣的姿態，這樣的舉動，真有說不出來的妖嬈和挑撥。不一刻，聽見騎樓外的足音了。我聽見那個日常聽慣了的足音，真像轟轟的雷霆，吃驚不小。我看見穿著洛士利洋行的線織汗衫和短褲的卓民走進姐姐的房裡來了。

「今晚上涼快些。」一進來就聽見他這樣說。

我眼前起了一陣暈眩，因為我再沒有勇氣看他們間的可恥的行動了。我的呼吸差不多停息了，忙逃下樓來。我一生中從未看見過這樣可恥的現象，也從未曾感著這樣的羞恥。

我逃到上廳裡的一隅，坐在一張椅子上，極力去鎮靜胸部的鼓動。

「天下竟有這樣不知恥這樣無廉恥的獸人！」我坐下來就這樣想，但過了一會，「我的態度呢？不是也有些可鄙麼？我去偷看他們，不是有些像竊盜有些像乞丐麼？」

我憎惡他們，輕賤他們，同時憎惡自己，輕鄙自己。他們演那樣的醜的行為，固然有罪，但是走去偷窺他們的醜的行為的我，也不算得是高尚啊。於是我後悔了，後悔不該有這樣無聊的行動，自己的人格和尊嚴都像低減了些。

夜深了，我想，自己此刻該到什麼地方去呢？真是陷於無家可歸的窮狀了！想到這裡，又不能不痛恨醜惡的丈夫和姐姐，同時又詛咒並憐憫無聊的自己。無數醜惡的卑鄙的幻影不斷地在我頭腦中出沒混亂，我伸出雙手緊按著胸前，欷歔起來了。

「少奶奶！」

黑暗中的阿喜的聲音。

「啊！少奶奶！」

她在黑暗中認出了我的影兒，走近我身旁來了。

「彩英睡著了麼？」

我悲噓著問她。

六

「早睡著了。」

我想再問些話，但說不下去了。

「請回房裡去歇息吧。」阿喜這樣說。

「那麼把你的房間後門打開來，讓我透過去。」

「不！請少奶奶走中廳過去，在老爺老太太的房門首走過去！」阿喜興奮著說，「少奶奶回來，堂堂正正的，該從中廳走回自己房裡去。怕她們幹嘛？」

「你的話也不錯。」

我真的走下中廳來。阿喜便把滿屋的電燈開亮，並且高聲地叫起來。

「少奶奶，這晏才回來麼？」

聽得出她的音調是含著憤慨，她的聲浪在全屋裡反響起來。我不想再看見丈夫和姐姐的醜態，覺得阿喜這樣地驚動下他們也好。我也裝出泰然的樣子，慢慢地走。

果然母親吃了一驚，最先跑出來。

「啊！回來了麼？」

但我不睬她，她是無恥的母親。

「我本想打電話給你，叫你回來，因為梅筠身體不很好。」

她真是個蠢東西，她並沒有留心到大門並沒有開，我是從什麼地方進來的呢。同時看見她公然作偽的樣子，我更冒火。

「不要再撒謊了！」

我氣憤憤地開口了。我覺得從我的眼睛裡快要飛射出火星來，像決開了的堤防，在長期間中隱忍著的激越的感情，以洪水般的速度和勢力迸流出來。我在母親房門首走過時，腳步加快了些，走到自己房門首便停了足。

「你身體不舒服麼？看你有些激動的樣子。」

母親在我後頭趕了來，這樣說。

「你和他們共謀起來侮辱我啊！」

我悲噓著對母親說。

「為什麼說出這些話來？」

「卓民到哪裡去了？你能夠答覆我麼？你們今天到了什麼地方去了？」

六

母親的臉色蒼白了，我只看見她雙唇顫動著，不能說話了。

這時候卓民走出來了。

「回來了麼？何以這樣遲？」

看見他那樣公然的態度，我的憎惡真是達到極度了。

「你當我一點不曉得麼？」

我怒斥他。

「不要氣急，請坐下來靜一靜，有話慢慢說啊。」

他想來握我的手。

「不要臉的東西！」我高聲地怒喝他。

「不要這樣大聲氣，怕驚醒了父親。」

母親戰戰兢兢地說。

「我脫離這家庭就是了！」

我以極速的腳步再向門首跑。

「老顏，老顏！筱橋，筱橋！」

我聽見母親在後面叫顏筱橋。我打開側門走出屋外來了。跑了半裡多路，快要斷氣息了，我的腳步才轉慢了些。夜深了，聽見後面有足音趕了來，這無疑的是顏筱橋了。他趕上來了，勸我回家去，勸了兩三次。

「討厭！」我怒斥他。過後他便絕對地沉默了。他在我後面，隔兩三丈遠，慢慢地跟了來。他的靴音沒有一刻離開過我的耳朵。但我絕不翻轉身來望他。在途中幾次碰著夜警，他們都以驚奇的眼光來看我，經筱橋向他們說了幾句話後，就讓我們透過去了。

我仍然繼續著向前走。

「像這樣子，走到什麼時刻呢？」我這樣想。但是絕不能回轉家裡去了。我想，如果遇著有黃包車，便叫他拉我到一家旅館去歇一夜吧。但是走了好一會，不見有一輛人力車。我疲倦極了。我如果轉回家裡去，那便沒有志氣了。在這時候我忽然起了一種奇妙的心理，即是覺得愈把筱橋磨滅，就像對他們三人復仇了般，心裡愈痛快。總之，我跑出來不過是表示我的憤恨的一種手段，而當此憤恨之衝的就是筱橋。

我在一家雜貨店門首，雙腳撞著停在店前的貨車輪，我登時昏倒下去了。今天一早

六

由M山搭火車回來，已經十分疲倦了，又還在劇場裡受了種種的刺激，回來家中，在黑暗中坐了幾個時辰，看盡了醜態，受盡了侮辱，我的神經自然受了莫大的傷害，全身的血也奔騰得厲害，再加以長時間的深夜的步行，我的頭腦重贅起來，腳部全失了知覺，我終於昏下去了。

「少奶奶！」筱橋帶哭音地叫我，「你太辛苦了啊！」

我不會說話了，我只是在夢中般地聽見他的聲音。約三十分鐘沉默之後，我睜開眼睛來看筱橋時，下半月的娥眉月帶著猩紅的顏色照在那邊店鋪的屋瓦上，月色再由屋簷上流到貨車面上來。這邊的緊閂著的店門，在黑影中愈見得黑暗，筱橋低垂著頭，站在那黑暗中的店門首。

我覺得十分對不住他，因為他為我太辛苦了。在此刻，關心我的人只有他一個喲！母親、丈夫和姐姐還是安安樂樂地睡著了吧。

「筱橋！」我終於叫他的名字了。

「是的，少奶奶，有什麼吩咐？」

他的悲咽的聲音。

「你在哭麼，筱橋？」

「嗯！」

「你有什麼可以哭的呢？該哭的還是我啊！」

「我知道少奶奶的辛苦！」

他這樣說著走近我身邊來了。

「少奶奶，我明天辭差了。」

「為什麼？」我驚著問他。

「你們家裡的事，我再不忍看下去了。少奶奶會走出來，這是難怪少奶奶的。我來勸少奶奶回去，也是不得已的，但深想一回實在對不住自己的良心，因為我完全做了不正當的人們的走狗，愈想愈難過！」

我初次聽見有人性的說話了！平日看見他這樣遲鈍，只當他是個不中用的人，當他是像狗一樣看守房屋以外，不會做什麼事的家丁，此刻忽然說出這樣真摯的話來，這真不能不叫我驚異。他的哥哥原是在父親衙門裡當茶房的，辛苦了六七年才當了一名文牘員。但是他的月薪仍然不夠維持他們兄弟兩人的生活才送他的弟弟到我們家中來當家

六

丁。筱橋真的辭差出去時，那麼他們兄弟的生活，從明天起，就會發生困難的，這可以斷言。但他不為自己的生活便忘卻了正義，他還會說這句話：「我不願意做不正當的人們的走狗！」

被不正當的人們包圍著的我，聽見這樣真摯的話，真像是深夜聞清鐘；到這時候，我不能不感激他的心了。

「你不愧為一個好人，因為你能夠分別邪正。」我懇切地用感激的口吻對他說。

「我是個不中用的人。少奶奶才真是好人，真是偉大的女性喲！」我說不出話來了，淚泉被打開了，淚珠不住地滾下來。我平時以為同情於我的只有阿喜，現在又新得著這個知己了。古諺說：「要有眼淚才能看得見人心的裡面。」在四面楚歌中，得著一個知己的眼淚，和緩了我的悲憤，安慰了我的孤寂不少。我只覺得十二分對不住這個新知己呢。

「我真對不住你啊，筱橋，請你原諒我！」

我這樣說了後，緊張著的胸部漸漸弛松起來了，同時忘記了前後的一切，我又昏倒下去了。

我醒轉來時，看見我睡在一間從沒來過的房子裡。小小的房間，四面的壁上都裝裱著舊報紙，棉質的藍花土布被窩重重地壓蓋在我的身上，摸摸它的內容，只是一團團的硬結了的棉絮。

篠橋坐在床邊看護我。

「怎麼樣了？」聽見一個男人在問篠橋。

「手腳比剛才暖和得多了，不要緊了。」

「要加灌湯婆子麼？」

「不要了吧，太熱了也不好。阿哥，還是快點打個電話到祝家去告訴他們。」

「好的，我借電話去了喲。」

我才知道這裡是篠橋的哥哥的房子——從一家人家分租過來的小亭子間。

「我好了，不要緊了。」我這樣說。

忽然聽見我會說話了，他們兄弟駭了一跳。

「我是篠橋的哥哥，少奶奶。這間房子太骯髒了，對不起少奶奶。」

六

筱橋的哥哥雙手筆直地垂到大腿部，向著我盡鞠躬。我從前就聽見父親說過，這個人十分忠實，也極謙和。他當茶房的時候，父親常常去揶揄他，問他：「這茶盤裡有幾個茶杯？」

他便按著指頭一個個地數。

「一、二、三、四……五，共五個。」他的誠實有類此者。

他盡向我道歉，說房子太汙穢了，被窩太堅硬了。他最擔心的就是：筱橋看見我昏過去了，沒奈何，抱了我回到他這裡來；萬一給外面的人們知道了時，是十分對不住我的。

我不答應他們去打電話通知家裡，因為我想叫母親和丈夫多多憂慮一下才消我的氣。但他們兄弟說：「老爺老太太怕十分擔心，還是快點通知他們的好。」

我想，他們有他們的責任，只好讓他們去打電話了。

「那我借電話去了喲。」

看著他們兄弟這樣地為我的事奔走不暇，誰相信世界上全無好人的話呢？要經過深刻的生活痛苦的人們才有美麗的人情。要在無產階級中才能發見有這樣美麗的人情。一切的罪惡可以說都是發生於有錢的有暇階級中喲。

我終給他們兄弟的純厚的、真摯的態度感動了，流了不少的眼淚。

我再仔細地看了看這間房間，雖然破舊，但整理得很整潔。我想，這家屋的房東也定是個窮苦人。

「這家的房東是什麼職業？」我問筱橋。

「裁縫匠。樓下就是成衣鋪。」

筱橋還告訴我，這個裁縫從前是住在租界上的。他有一個小孩子給日本人的汽車壓死了，他罵了那個日本人，日本人還叫了一名日本巡捕兩名英國巡捕來把他毒打了一頓；所以他發誓不再住租界了，搬到中國街裡來住。筱橋又說，中國街上雖然髒一點，但是房租錢卻便宜得多。我也聽我的父親說過，中國街裡不能住，是因為警察太壞了，常常向居民提出許多難題來敲竹槓。最好的是住半租界，外國人不管，中國當局也不管，所以半租界還是不可厚非的。

國民革命剛告成功的今日，收回租界的呼聲也很高。但是我不相信四萬萬的中國人中真有一兩個贊成實行收回租界的人。假如有之，只有吳佩孚一人而已。吳佩孚沒有大

六

款存在帝國主義銀行裡，他得意時固然不住租界，就是失意時也不肯住租界。至於目前當然更沒有人真心贊成收回租界的了。壓迫階級固然不贊成，被壓迫階級也一時不能贊成。此中道理是很明顯的，毋庸我來再贅說吧。

筱橋不住地捏冷手巾過來擱在我的額上。他默默無言地只待他的哥哥歸來。

「真對不住你了，真對不住你了！」

我幾次這樣對他說。但他聽見樣子更惶恐更謙卑。因為帶了我到這樣朽舊的房子裡來，他像十分慚愧。關於他的哥哥身上，我問了他一些話。據他說，他的哥哥伯良不日可以升為科員了，這是他的哥哥數年來的希望，終達到了目的，薪水增加至四十元整。

我和筱橋閒談了一會，伯良回來了。他說，電話打了去，老家丁陳銘星接著電話，非常喜歡，說馬上就送汽車來接我回去。伯良說了一次，又重說一次。

「來接我回去？」我問他。

「是的。」

「陳銘星來？」

「是的。」

他每說「是的」時，雙手便筆直地向下垂，像小學生立正般的。我想，他真是個謙虛的愛講禮節的人。

過了一會陳銘星來了。他是家丁們中第一人，簡單地說他是家丁頭。他的頭髮快要脫乾淨，剩下來的真是一根根地可數了。頭皮光滑得發亮。

他有個缺點，就是喜歡咬文嚼字，東拉西扯，說起話來十分冗長，常令聽者不耐煩聽下去。譬如聽見人說黎元洪和袁世凱結親家，曹琨也和張作霖結親家，他便會吟起《長恨歌》裡的一段來，什麼：

「……姐妹弟兄皆列士，可憐光彩生門戶，遂令天下父母心，不重生男重生女……」

又譬如聽見有人罵袁世凱專制，專用他的親戚門生來包辦中華民國；他便要長吁短嘆，說：「方今天下大亂，非有不世出之英雄不能統一中國。袁世凱固一之雄也！哈哈哈！」原來他手中拿著一個白皚皚的袁頭給我們看。其滑稽有如此者。

的確，現在的世界是不需要英雄豪杰了。勉強說，今世尚有英雄，則唯袁頭而已。我們知道袁世凱之統一中國稱帝，完全是由帝國主義者借給他的袁頭之力啊。

六

又他聽見宋教仁之被刺，國民黨要人之亡命，有許多人在痛罵袁世凱之假革命；他便說：「這現象是從古以來就有的，即所謂狡兔死走狗烹，飛鳥盡良弓藏是也，何足異哉！」

他從前在我父親的衙門當衛兵，父親卸職後就回到我家裡來當家丁了。

他一看見我，長嘆一聲後，才說：「啊！少奶奶，昨夜裡辛苦了少奶奶。」

他站在床邊盡鞠躬。每一鞠躬，他的頭皮上便反射出一道光線過來。他不等我開口，先滔滔不絕地把昨夜裡我走後的一切經過告訴我了。他說卓民駛著汽車走遍了親戚朋友的住家，一家家地去問我有沒有到那家裡去。他又說，姐姐昨夜受了打擊，急得生病了，母親只擔心給父親曉得了要發生問題，在再三地告誡家人，不許多嘴。最後他又咬文嚼字地對我說：「少奶奶你的福氣大，請寬待他們一次。古人雲，兄弟鬩於牆，外御其侮。姐妹猶兄弟也。」

我想他真是語無倫次，我反不敢多問他什麼話了，怕引起他的冗長的話頭，聽得不耐煩。現在他又繼續說他的話了。他說，他在昨夜裡給我們吵醒了後，便再睡不著，眼睜睜地一直等到天亮，雞也啼了，打掃垃圾箱的人也來了，過後送報的也來了，賣油條的也來了，他就這樣枝枝葉葉地說許多無聊的話，又給他花了半個多鐘頭。最後他說：「剛吃完早飯接到電話，老太太就叫我來接少奶奶回去。」他這樣說著，拿出一條手巾來揩他的光亮亮的額上的汗。

「我不回去了。」

我這樣回答那個老家人。我決意要貫徹我的主張。不過等了一會，想到往後要怎樣地過活呢，自己是沒有半點把握。

伯良站在旁邊，不說一句話。他始終正身危立著默默地聽。

「顏君，你也該幫我勸勸少奶奶。」陳銘星向著伯良說。

「關於這件事，是無容我小人插嘴的餘地。」伯良態度決然地回答銘星。

我和陳銘星相持了許久，但也得不到什麼結果。看看銘星的樣子，也很可憐。他身上的淡黃色夏布大褂，快要轉成黑色了。

到後來陳銘星告訴我，彩英在昨夜裡發了熱，終夜啼哭，乳母也沒有辦法了，無論如何要我回去看看，和大家商量一個萬全之策，要出來時再出來也未嘗不可。

聽見彩英身上的事，我的心又動搖起來了。在許多種人情之中，最真摯最深切的無過於母子之愛了。父子之情有時容易乖離，只有母子之愛是不受旁的什麼支配的。說到彩英，我真有說不出來的心痛。於是我再深想了一會，的確自己是沒有一點錯處，有罪的只是丈夫、姐姐和母親。我原來是對的。但消極地逃避到這裡來，反而要弄成自己不對了。我該堂堂正正地回去和他們談判，該責罰的還是加以責罰，如果他們不容納我的條件時我便告訴父親去，等父親去裁判他們。我又這樣地轉變了我的思想了。

「那麼，我就和你一路回去。不過老陳你要負責，我回去後，無論怎樣做是不受任何人的干涉的喲！」

「那我可以負責向他們說。」陳銘星只要我能夠回去，他便算有功績了，所以他一味敷衍。其實這是沒有他說的必要的，不過當時覺得他不這樣說一下，自己是不好意思回去的。

我先頭說過了，人數占多數的方面是常勝利的，但也有一個缺點，那是容易腐敗。個人的正義的主張一提到多數人的會議上去時，稜角定給他們多數人磨琢得非常圓滿。原來是徹底的方案將變為妥協的議案了。說到圓滿誰都中聽，也是敷衍場面最適用的詞句；可是圓滿有讓步有妥協的意義，而不能徹底地決解一件事情。正面和反面要有徹底的鬥爭，不可妥協，若妥協，就會使正反兩方相混合，那就成了一個不純的團體了。由表面說來是圓滿了，但絕不能長久，終有崩壞的一天。

姐姐盜了妹妹的丈夫，這是很明白的，不叫姐姐出去，就是我離開他們了。我是正面，姐姐是反面，這兩方面該徹底爭鬥的。就算我失敗，我就把丈夫讓給姐姐也可以，而我可以和卓民脫離關係。但他們很卑怯，不能出此。他們總是希望我能夠和他們妥協，妥協的理由是為保持家聲，就是要我和卓民仍要擔夫婦的虛名，而阿姐和他卻行其夫婦之實。此中祕密絕對不能給世間曉得，因為給社會曉得了，家聲就會敗壞，家庭的圓滿也不能保持了。簡單地說他們是為保持家聲，維持家裡多數人的圓滿而要求我犧牲，要求我永處於被害者的地位。家人對於被害者的我不表一點同情，也不尊重我的權利；對於加害者的姐姐和卓民的權利卻十分尊重，也深表同情。像這樣的不公平，怎麼能夠叫人心服呢！

他們所據的最重要的理由就是家聲。母親像某要人般地在對我說：「你要為保持家聲而犧牲，不得自己去尋出路！你要為一家而犧牲你一個人！」

但是母親等人卻和那個要人一樣，自己只在享樂，不管部下的痛苦。這樣怎麼能叫

六

人不高舉叛旗。如果我決然地反抗他們，決意和他們鬧時，他們定加我以一種罪名，他們會這樣說：

「菊筠敗壞了家聲！因為她不能克服自己，因為她嫉妒性太深，只顧個人不顧一家，所以敗壞了家聲，破壞了家庭的和平！」

這是他們在準備著對我下的裁判。驟然聽來，的確是堂皇冠冕，但究其實是不是以偽造的多數來壓迫少數人呢？——家庭的事情尚且如此，一國的政治可想而知。一部分的人們會舉起革命之旗，完全是為了想去打倒利用家聲一類的空名義去壓迫人摧殘人的元凶。母親即我們家中的元凶。一家的圓滿，一家的平和明明是由我的犧牲換來的代價；但是他們卻享其成，對於犧牲最大的我不但無半點安慰無半點報酬，還要加以壓迫加以摧殘；天下哪有這樣不平不合理的事呢？！

總之，處現在的世界只有自己起來保障自己，什麼名義都是靠不住的。筱橋扶著我出來，跟銘星上了汽車，忽然聽見伯良在叫他的弟弟。他走近車旁先向我鞠了一鞠躬。

「有些話要吩咐弟弟的……」他請求我的同意。我對他嫣然地一笑，表示允許。

筱橋再跳下車去。伯良和他站在車旁，低聲細語地說了分把鐘話，但一些聽不清楚。伯良的那種正襟危立的樣子，看見曾令人發笑。他比筱橋只大得三歲，滿三十歲了。但身材比他的弟弟矮小，我自然而然注意到他的富有熱情的眼睛了，濃眉大耳，隆鼻紅唇，真是個典型的男兒。不知道他在對弟弟說些什麼話，只看見筱橋不住地「是的是的」地點頭。他小的時候失了父母，在各地流浪，為他的弟弟，苦勞了不少，費了十年的心血，到今日才得到一個科員的地位。宿命論者的他，對於現在的境遇已經十分滿足了。

我看見筱橋不住地點頭，伯良的眼睛裡也滿溢著淚珠了。

「那麼，快送少奶奶回府去。」

伯良流下淚來了。筱橋也滴了幾滴眼淚。

「勞少奶奶久等了，真對不住！」伯良再走近車窗前，向我鞠一鞠躬。

「你哥哥責備你麼?為什麼事情?」

我微笑著問筱橋。汽車在飛奔。

「他責備我為什麼昨夜裡不馬上送少奶奶回府去。」

「他責備得真沒道理。」銘星插嘴說。他是為要安慰我倆說的。「你的哥哥太頑固了喲。做事情，有時候要從權，要通情。孟夫子不說麼，嫂溺援之以手者……」

「喂喂喂！駛快了，望到前頭，望到前頭！」

的確，我和筱橋一夜沒有回去，到了天要亮的時候，他才抱著我回到他哥哥家裡去，這也難怪他們疑心我們的。我怕銘星的話又說冗長了，忙攔阻住他。

「我真喜歡你的哥哥了。」

銘星聽見，像吃了一驚，睜圓眼睛看了看我，又看筱橋，不敢再說什麼話了。

汽車停在家門前了。阿喜第一先走出來，其次是卓民，又其次是母親。

「啊！回來了！」

「回了來！」

聽著他們這樣說，我回到自己房裡來了。父親在庭園裡拿著一個噴水壺向花鉢裡澆水，看見我，便叫起來。

「啊！菊筠到哪裡去來？昨天還看見你在家裡的。你們年輕人行動自由，要旅行就旅行。」

看見父親還不知道一點家裡的情形，我真要心碎了。因為我昨夜逃出去，家裡像騷擾了一場，姑母來了，姨母也來了。她們當我是個可怕的人般，以害怕的神色只遠遠地站著望我，不敢過來和我說話。母親和丈夫坐在我旁邊，但我沉著臉，不理睬他們。

我叫乳母抱了彩英過來。銘星說彩英有病完全是假的。看她非常高興。我覺得像離開了彩英很久了，我抱著她，把自己的頰湊到她頰上去，她便笑起來，伸出圓圓的小手摸到我唇邊來。我吹了吹她的手，她便發出響聲笑，再吹她再笑。我的心漸漸緩和下來了。當我和乳母說話時，有許多人走來窺探我，於是我才注意到他們都不敢近就我，像害怕我般的。這到底是什麼道理啊。他們是不正的人們，所以害怕正直的人。他們像想竊食的貓，盡在偷看我，一有隙，他們便跑過來的。

「我真的要怎樣對付他們才好？」

我心裡又不舒服起來了。我還在汽車裡時這樣想，我回到家時，家中的人們一看見我，一定盡都過來向我謝罪，過來向我安慰；誰曾料到他們只遠遠地警戒著偷望我。不過這也不能怪他們，因為他們怕我動怒，高聲吵起來，給父親曉得了昨夜裡發生的事，不得了。

我和彩英耍笑了一會，她漸漸地睡著了。我便把她交回給乳母抱。乳母走了只有我

六

一個人寂寞地坐在房裡。這時候，姑母和姨母一同走進來。

「聽說你昨夜裡大發脾氣……」姨母先向我這樣說。她是母親的妹妹，嫁了兩三次，丈夫都死了。現在嫁給一個不很有名的洋畫家。他們還是借住我家的房子，那個畫家架子雖然擺得很高，但是他的畫不很好賣，他愛喝酒，一年間總是說窮，借住我家的房子，可以不付租錢。因為貧富之差，在姐妹間遂分了階級，姨母對母親的態度就像主僕的關係，因為每月津貼些用費給她，就使她變為奴隸了。這位姨母沒有本領勸服她的丈夫戒酒，怎麼有能力勸得我過來呢？

和姨母相對照的是姑母，她是父親的妹妹，嫁給一個卸職師長姓李的。她自己也在一個女子中學當校長，她常常以教育家自居，向親戚間誇耀，她喜歡戴高帽子，多多益善。稱讚她是名將夫人，她便微笑著，稱讚她是女教育家，她張開口笑了，再稱讚她的德望高，她就笑響聲了。

「聽說你大發氣，這也難怪你。不過，怕老父老母傷心，還是望你忍耐一點，不要太使性了。我是不知道什麼的人，說來不知道你中聽不中聽，望你看看姨母的臉上，寬恕他們吧。」

她的聲音低小，音調柔和，也帶點悲切。

「沒有什麼事喲，姨母！」我微笑著說，「這些事真是不堪給你們曉得的。」

「但是，菊筠侄女！」女教育家開口了，「人誰無過，天下無不可恕的過失，並且男子和女子不同，這是講理不盡的。」

真是女教育家的口吻。她還想向我演說下去。看見她那樣裝老賣老的樣子，我真有點冒火了。

「那麼你想叫我怎麼樣？」我忍耐著反問她。

「第一要忍耐。單為自己一身，事情很簡單好辦。但是你要恕到父母、姐妹和家聲，那麼你就非隱忍不行了。古來的孝女節，哪一個不是粉骨碎身，哪一個不是隱忍一切辛苦造成名的！」

女教育家的動機或許是善的，不過她那傲慢的自信過強的態度，實在引起了我的反感。她心裡像在說：「你這菊筠！哪怕你冥頑不靈，我一定能把你說服，你也一定要受我這女教育家的感化的！」

我對於她的這樣態度，先不能忍耐了。

六

「照姑母說的那些道理，只能適用於像姑母那樣的良妻賢母吧。至於我，丈夫給他人奪去了，我是忍耐不住的。我沒有姑母那樣的本事能夠忍耐。」

「這不是說有本事沒有本事的話。你試想想看，家聲不是關係一個人兩個人身上的事。父母、姐妹、丈夫，你自己，還有我們一班親戚。因為你一個人的感情作用，累了這許多人，你問心安不安呢？這是很大的問題。在你雖然不免受點精神的痛苦，但是一家之興亡全在你一個人的肩膀上了。古人說得好，一路哭不如一家哭。」

「那是姑母說錯了。」我有點焦怒了。「此一家的興亡真的全視我一個人的行動麼？那麼，母親、姐姐和卓民怎麼樣處分他們自己呢？他們一點責任都不負麼？姑母在向我說教之先，為什麼不向他們說說教呢？犯了罪的人你反容許他們；但對於受損害的我，一要求要做良妻賢母，二要求要為家聲犧牲，這是什麼道理？你們只要求他人要守道德，你們自己卻一點不履行道德！」

我的口氣太猛烈了，教育家的姑母沉默著不說話了。現在又輪到畫家夫人的姨母說話了。她像要哭了般地說。

「自然，不單是懇求你，也該責備他們。不過到了這個局面，除了求你以外沒有方法了。因為只要你隱忍一下，一切都得圓滿的解決。是不是，姑媽？」她說了後，望著女教育家。

「當然是啊！」女教育家點了一點頭，真是老氣橫秋。

「那麼，你們的意思以為這件事是可以隱忍得了的麼？」

「能隱忍人所不能隱忍，才是真的隱忍！」

「啊！你們的意思原來是這樣的！」我真吃了一大驚。我才知道她們的頭腦和我的之間，有絕大的懸隔。因為各人所經過的時代不同，我的呼吸差不多停息了。

「那麼，丈夫的品行無論怎樣壞都可以不管了？」

「那是因為世間的丈夫一百個有九十九個半是這樣的，講理講不盡啊。」

「看著丈夫給阿姐奪了去，忍隱著不說話，便算是良妻賢母了，是不是這個意思？」

「在精神上痛苦是痛苦的，不過家醜不好外揚。要隱忍著感化他倆，等他倆改過才算是最圓滿的……」

「如果不能隱忍怎麼樣呢？」

「也要勉強隱忍……」

「如果隱忍不了，便是惡妻劣母了？」

「……」

「這恐怕是你們的道德吧。我是做不到的。就是要來抑制我，叫我隱忍，也該先處分他們才合道理。」

「並不是抑制你什麼喲。」

「那還不算是抑制麼？我無論如何不答應又怎麼樣呢？那麼，你們定會這樣罵我吧。菊筠真是沒有一點婦德，肚量這樣狹小，又嫉妒，又偏執，不顧大局，真是個利己主義者。」

姨母和姑母不說話，互看了看她們的臉。我繼續著說：「要有愛，才當他是丈夫，和他同住。已經曉得他對自己沒有一點愛了，還能夠共住麼？」

「那你一定要和他離婚麼？」

「是的，除那一道沒有路可走了！我試問，卓民有什麼道理還盡拖著我不肯放手？」

「因為要保持這個家聲。」

「只要家聲能夠保持，就要來犧牲我的一生麼?因為家聲，便看著丈夫放蕩也不管麼？」

「你總是盡為你自己打算！」女教育家這樣說。

「你們是專為家庭的！」

姑母是守良妻賢母主義的，守家聲萬能主義的。我是個人主義者，我是主張感情萬能主義的。我和她是全無融合的可能了。

「你們雙方都有道理，」姨母插口說了，「家庭也要顧到，你的苦處也要顧到。」

「這要依理性去救自己，並且救人。」女教育器具麼時候都是用說教的口氣說話。

我真討厭起來了。本來這件事是要當事人自己去解決的，用不著請第三者來參加。但是在中國不問什麼事體，都要請第三者出來調停的。

「看我們的面子，這一次請你隱忍下去吧。」

調停人所用的方法是這樣的。當事人因為怕對不起調停人，便馬馬虎虎妥協了。但是當事人之間還是沒有互相了解，只是形式上的妥協，過了一會，又在繼續他們的爭

六

鬥了。這是最蠢不過的事。試想想看：第三者何能深悉當事人的內心呢？只就表面上安慰安慰，敷衍敷衍使他們妥協，尤其是在上流階級所謂有門閥有聲望的人家，他們之間更多虛偽的行為，不能公開地直接談判，所以要托出第三者的親戚朋友們來斡旋，醜態醜態。

她們之來完全是受了母親的委託。想到母親，我更覺可恨，更加討厭。

「我和卓民當面談判吧。」我這樣說。

「那要鋒芒相對，不得好結果的。」姑母這樣勸諫我。

「知道會鋒芒相對，但遲早也要見一見面的。」我強頑地這樣主張。

她們到後來不得要領地都走了。我想她們去後，母親、丈夫和姐姐三人中定有一個人會來看我，殊不料一個也不來。我很寂寞地盡坐著。

看這個樣子，我覺得他們已經把我除外了，他們盡同情於丈夫和姐姐而憎嫌我了。

我想不出這是什麼道理來。

我無聊地走出院子裡來，父親坐在一張籐椅子上看菊花。他的白髯在日光中閃灼。

「父親年老了！」我這樣想著，自然掉下淚來。在這家裡，被他們視為眼中釘的，只是父親和我了。我想去叫他，但我又怕一接近父親，自己會說出什麼話來。我只好一個人走到新洋樓下的庭園裡來。走到那邊忽然聽見母親的聲音。

「三更半夜你帶她到哪些地方去？」

「但是叫不到車子，又找不著醫生。」這是筱橋的聲音。

「一到你哥哥家裡時，就打電話來不可以麼？」這是卓民的聲音。

「我也是這樣想過了……不過，二小姐，……少奶奶的樣子太駭人了，只好先去叫醫生。」

「醫生家裡沒有電話麼？」

「沒有留心有沒有電話了。因為要買冰，又要買湯婆子，弄昏了。」

「叫你跟著她去，為什麼事？」

「太不留心了，請老太太恕宥一次。」

「看你這個人也難靠！」母親的話是有毒意的。

「這確是我錯了。哥哥也這樣地責備了我。」

六

「菊筠睡著的時候，只你一個人看護她麼？」

「我和哥哥兩個人。」

「你做些什麼事體來，傻東西！」母親的聲音。

我走近窗口邊去望裡頭。

「我錯了。」

我再見了筱橋鞠躬了後垂著頭站在一邊。我忍耐不住了，叫了他：「筱橋君，有什麼事要謝罪的！不要和他們講。請你到我房裡來吧。」

母親看見我，忙走出跟了來，像叫了我一聲，但我不睬她回來了。那晚上夜深後，卓民走進我房裡來，他有些醉意了。

「怎麼樣？可以算了吧！年輕人誰免得了這個過失！」他先自恕宥了他的一切。

他揭起蚊帳想進來。看見他那個無廉無恥的樣子，我忙從蚊帳裡跳出來。因為拉帳門拉得太力了，蚊帳倒下來了。

「你為什麼跑到我房裡來？」我叱問他。

「你還不能恕宥我麼？不過於殘忍了麼？我這樣地向你謝罪就是了。」

卓民跪在地下盡磕頭。那個帶酒氣的臉實在難看。

「你出去吧！」我再叱他。

「不要這樣說了。」他站了起來想牽我的手，我退了幾步，叱罵他。

「你如再這樣下作的，我告訴父親了喲。」

「你？」他這樣說了後身體動也不一動，呆立了一會，「你真的這樣決絕麼？」

「真的！」我嚴厲地說，「我決意和你們宣戰，戰鬥到死為止。沒有這個決心，我今天還回到這裡來麼？！」

「真的？」

「快滾出去！」

卓民氣憤憤地出去了。我真感著一種喜悅和痛快。我對於自己的力量有自信了。照這樣子，我盡能夠向家庭宣戰了。最少我能夠戰勝習慣的誘惑趕丈夫出去，這已經足於謳歌自己為強者的了。這的確是一種矜誇。

到了第二天，我絕對地採取戰鬥的態度了。我趕開了母親，趕開了丈夫，趕開了姨母和姑母，我決意永久和他們戰鬥，要使得他們屈服為止。的確，他們一看見我就戰戰

六

兢兢的。有一天，姐姐臉色蒼白地立在廳口，看見我，像想說什麼話，這是立刻看得出來的。我想，對姐姐要特別客氣一點。女性確是奇妙，她們的心和行為常常是矛盾的。我最恨姐姐是事實，但是一看見她心又軟下來了。不過我馬上改變了我的思想，恢復了嚴肅的態度。姐姐像很悲慘地低了頭，我以勝利者的，但帶幾分悲感的心情走過去了。約過了二三十分鐘，我再經過那地方，看見母親和姐姐在說話，兩人像很歡快地在大聲響氣說，這又引起了我的反感。

姐姐近來時時發歇斯底里症，天天說要去死，母親非常為之擔心。

我每聽見只是冷笑她，那是她慣弄的把戲。

「捨得死麼！」我常這樣說。

本來解決這個問題最好的方法是送姐姐到避暑地去，這是誰也想得到的。但是母親盡為她的歇斯底里症擔心，怕她自尋短見，因此她愈不能離開姐姐。母親本來可以跟姐姐一路去的，但是母親走久了，父親又不贊成。因此，這個問題依然拖下去了。

在姐姐，當然是覺得十二分對不住我。不過在這局面之下，她也沒有辦法了。鬧翻了有害家聲。他們大概也是以這個名義箝制住姐姐，所以姐姐不能自走她應走的路了。

「我去也使得。如果和菊妹一同更好。」姐姐這樣對母親說時，恰好我走過身。

「菊筠！」母親微笑著叫我。

「姐姐想到K山去，你也伴著父親一同去好麼？」

「不敢當！」我煞風景地頂撞她一下，「你們要去，到什麼地方都使得，通通去吧。留我和父親看守房子好了。」

母親和姐姐像打了一個寒戰，沉默了。我感著痛快走過身了。

現在想來，我實在也有些過分了。因為自己沒有錯，自己理直氣壯，便對他們加盡了種種的侮辱，這的確是過分了些。我看見他們戰戰兢兢的，便感著一種痛快，心裡也微笑起來。這恐怕是我的先天的性格吧。我對於他人的缺點太苛酷地追求了。因為自己理直氣壯，對於他人的罪惡便半點不能容許，這卻有點不近人情。對於他人的罪惡一點不能寬宥，那麼人類一刻間都難活下去的。這是日後我墮落時才感覺到的。

這樣的戰鬥繼續下去，當然，每日我都得到勝利而自高自慰。但是同時我也感著孤獨和寂寞，因為家中人漸漸遠離我了，母親、姐姐、丈夫都……

我每日都傾耳細聽，看母親、姐姐和丈夫會不會議論我，說我的壞話。我也思疑他

六

們還是在繼續他們的罪惡。卓民不到我房裡來後也不到姐姐那邊去了，他倆只在母親房裡常常相會，這是阿喜的報告。

但我還是不能不疑心丈夫和姐姐的關係。因為我深知道卓民有享樂癖，他絕不能忍耐三天五天過和尚般的生活。並且我深知道母親的低級的頭腦，因為她是青樓出身的人，對於不倫之戀不但不會菲薄，並且加以贊助的。

一個人盡守著空房，我漸漸焦急起來了。沒有和男性發生關係的處女，或許能夠獨宿空閨。至於我，現在明明和丈夫還同住在一家裡，並且和丈夫有關係的女子也同睡在一家屋裡，這叫我如何忍受得下去，這叫我如何不心亂。嫉妒像箭般刺著我的心，甜蜜的擁抱和私語的聊想不住地向我的心挑撥，使我的心不住地作痛。我幾次想起來去偷看姐姐的睡房。

我不等到阿喜的報告說丈夫已經睡著了，我是難安心就枕的。

我也覺得這種心情是卑劣的，同時又想，這在人類是一種殘酷的煩悶。為這種煩悶我常在庭院中散步到更深，有時真想痛哭，於是便一邊走一邊欷歔地流淚。在這時候筱橋像守門犬般地看守著我。

一晚上，聽見姐姐房裡有丈夫和母親的笑聲，於是我無論如何睡不著了。我終於走了出來，在花園裡看見筱橋一個人在痴望著月亮。

「散步麼？」他問我。

「想出去走走。」我對他說。

「到什麼地方？」

「還沒有決定。」

「我陪你去好麼？」

「嗯，一路去吧。」

我無意中這樣說了。「今夜裡不回來，叫他們擔心一下吧。」我當下這樣想。我的神經極度地興奮了，很想得著一個強烈的刺激，又像想由頭到腳給冷水澆一澆，同時又想拿把銳利的小刀刺自己的乳房，得一個奇痛的快感。

「不早了，回去吧。」筱橋跟著來，向我這樣地說了幾次。我不理他。

又行了一會，看見一輛空汽車駛過去。

「汽車！」我忽然叫那駛汽車的。剛駛過去的汽車駛轉來了。

六

「到海口去麼？」

車伕吃了一驚，看了看我，又看筱橋。

「到海口去太遠了。……」

「那麼能夠駛到多遠的地方去？」

「最多只能到W海岸。」

「那就到那兒去吧。」

我勉強地把吃著驚的筱橋拉上汽車了。在車裡我笑對他說：「你打電話回去，我是不答應的喲！」

到海岸已經過了一點鐘了。旅館主人即刻替我們開了一間大房間。

吃過了點心，不想喝什麼了，就打算睡覺。茶房們不當我們是夫妻，也當我們是情侶了。房間裡雖然有兩張銅床，但茶房把那張小床上的氈枕都搬到大床上來了。看得筱橋急死了。我覺得真好笑。

我們用不著那兩張床，因為我們打開著房門說話，說到天亮了。筱橋聽見我的申訴，灑了不少同情的眼淚。

「小姐的辛苦我是十分知道的。不過照這樣做下去，也不是個方法。為什麼不想條妥善的方法出來解決呢？」

他像他的哥哥，正襟危坐著，揮他的熱烈的同情之淚。

「你想，我能想得什麼好的方法出來麼？」

「你所做的事不過是消極地想消解你的苦悶。但盡這樣做，還不是不得結果。如果能夠增進你的幸福，我雖赴湯蹈火有所不辭。不過只是這樣地陪著你走路，不能使你得到幸福，那我唯有辭差了。」

六

七

以極苦悶的心情和筱橋談話一直談到天亮了。說的話大部分是我的牢騷。我怕他因為盡是我的牢騷而厭倦，於是勉強拉扯到文學和美術方面去。但是馬上又會回覆到牢騷上去。筱橋只聽著我的說話，不表示半點厭倦。真難為他正襟危坐著聽下去了。

我雖然在和他說話，但時時感著胸口像給針炙了般的疼痛，這大概就是嫉妒吧。因為我一面說話，一面還在想像：丈夫現在怎麼樣了呢，姐姐又怎麼樣了呢。想像至此，真是有坐立不安的苦悶。各種情感中最痛苦的還是嫉妒，嫉妒的一時間比平素的一年間還要長遠。同時，胸部又給性慾的聯想占據著了。這時候我的雙頰通紅，胸口不住地鼓動，呼吸像快要停息了。像這樣的狀態真要使我發狂了。我拚命地抑制著這個激烈的感情。有時像巨浪擊岸壁般的，以猛烈的勢力飛躍起來的嫉妒的血潮真要摧毀水閘而別尋出路了！

「不另想個方法，我真無法安置我這身體了！」

七

像這樣的心情時時刻刻在追著我。我真想拿把冰冷的刀來刺透我的胸，否則想裸體跳到外面去盡情地高聲怒號，又想把自己的身體任人盡力地毆打，打到身疲氣絕才痛快。總之，若無絕大的刺激，我片時都難活下去了。

我有一個朋友嫁了一個放蕩的丈夫，她每看見丈夫在外面歇夜不回來，她就焦苦萬分，把平日最愛的唯一的小女兒毒打來洩氣。看見小女兒悲哭著呼痛，自己也就流下淚來。她說，那時候不打女兒，自己便像置身無地般的。

我現在對於那個朋友的苦衷有了理解，也對她的心情起了共鳴。嫉妒有時正會引起意外的結果。我正在和筱橋說話中就受了這種痛苦的襲擊。我這時候真想抱著筱橋，和他發生不義的關係以排除這種苦悶。

女性的嫉妒心強，完全是因為深愛她的丈夫。如果無愛，何有嫉妒。凡是女性定知道嫉妒的痛苦，這不是沒有經驗的人所能想像得到的。

「嫉妒之火足以焚身」這句話真說對了女人的心思，此刻它在我的胸內一刻一刻地燃燒起來了。這種火焰不是尋常手段所能撲滅的。我想現在只有一個方法了，即是自己也和丈夫一樣地去犯罪，要這樣自己才能夠寬恕丈夫的罪惡，這就是報復。報復了後我才能消氣。我站在極嚴肅的問題的漩渦中，仍然追求著享樂。剛經過痛苦，又再不能忍耐，不能不去尋覓快樂。因為不尋覓快樂，就再不能活了。現在無暇去問所追求的快樂純潔與不純潔了。

我想把筱橋當個男妾，當他是我的玩具以消遣我的苦悶了。這的確是個很不純的思想。明知其是不名譽的事，但是我的熱烈的苦悶的血潮除流向這個出口外，別無他途了。

「你讀過小說沒有？」我問他。

「嗯，近來讀了幾部新小說。」

「哪一種？」

「讀了好幾種。我覺得K氏的《女性之心》最有趣。」

「啊，那是描寫變態性慾的，是不是？」

「恐怕是作者本人的自供。」

「是嗎？你聽誰說的？寫得很深刻，是不是？」

《女性之心》的內容是寫一個嫉妒極深的丈夫，最初懷疑他的妻子，心裡非常不

七

安，每天注意妻的行動，用盡種種方法去試妻的心。他愈試他的妻，愈感著嫉妒的快感。到後來，竟至一天不覺著嫉妒，便不舒服了。於是故意叫友人和妻接近。他看見友人和妻一天天地親暱，快要陷入於危險的狀態他也一天天地焦急，同時感著最高度的快感。到最後，看見友人和妻終發生不義的關係了，反轉受了個大大的打擊，於是把妻刺死了。《女性之心》的情節如此。作者把這個經過寫得很深刻，很有趣，他寫主角以一種興趣望著友人和妻的戀愛的深進，真寫得十分深刻，也寫得十分可怕。

由討論這篇小說，筱橋和我忽然親暱起來了。我對他說明女性之心，同時又質問他男性之心是怎麼樣的。

「我想這個人定是個傻子。」筱橋說。

「女人是很神經過敏的，無論在什麼時候都在追求著戀愛。縱令有丈夫有兒女，但是求愛之心還是無一時抑止得住。一接近男人，很快地就要發生戀愛的。在西洋跳舞盛行，目的完全是在減輕這種愛的追求欲，和丈夫以外的男人擁抱著跳舞，在跳舞中便感著戀愛的情調。男人方面也是這樣的借這種情調以自遣。」

「這在貞節上說來是不很妥當的。」

「貞節和不貞節的界線在什麼地方，從來曾有人把這兩者明了地區別出來了麼？如果單指肉體的墮落為不貞節，那世界中半數以上的女性是貞女節婦了。如果說稍起了一點心事對旁的男人感著戀愛，便算是無節操，那麼全世界的女性盡是不貞節的了，像現代的男子們般的。」

我也莫名其妙，何以會說出這樣的話來。筱橋聽見我的議論，吃了一驚般地睜著眼睛望我。因為他為人太誠懇了，所以臉上表現出疑惑的樣子來。我暗地裡感著一種興趣了。我決意在相當的程度內去調戲他一下。他是個老實不過的青年。

「譬如我嫁了那樣不長進的丈夫，所以也沒有守貞節的義務了。我真想和另一個男人發生戀愛喲。真想猛烈地戀愛一番，就犧牲我的生命也在所不惜。」

「那是太濫亂的話了。」

「為什麼呢？」我故意裝出誘惑的眼色看了看他，「丈夫太無品行，做妻子的還要尊敬他做丈夫麼？天下哪有這樣不平等的事呢？」

「但是少奶奶……」

「你想說道德，是不是？你要知道，從前的道德是男人家規定下來的。今後的道德

七

要在男女雙方合意之上規定才可。譬如丈夫如果放蕩，那就做妻子也可以另尋男人。要這樣地規定才對了。」

「這太走極端了吧。如果這樣，夫妻間生下來的小孩子如何處置？那豈不是不知道是誰的種子了？」

「不論是誰的種子，責任當然是歸那個無品行的丈夫負擔的。所以我以後要向旁的男人多多地戀愛。」筱橋抬起頭來看了看我的臉，但立即移開了。

「所以我以後會對你發生戀愛也難說喲。」

「嗯。」他的聲音非常的微小，他的臉上表示出一種難以形容的顏色，又像十分不好意思。看見他那種可笑的樣子，我真要為之噴飯了。同時又覺得他的無邪他的真摯之可愛。

像這樣和他談著話，我漸忘卻了我的痛苦了。真是罪惡，我犯了比殺人強盜還要重大的罪惡了。因為我要排解我的嫉妒，便把這個無邪的青年來當玩具以自娛樂。這個無邪的純潔的青年緊記著我在這時候所說的一言一句，當做金科玉律，刻在他的心坎上了。到後來，他的心旌終於起了動搖。

我看出了筱橋的心思了。他的血潮在為我起了波瀾。不過他是個謹守舊道德的青年，和他的哥哥一樣，還是保持著謹嚴的態度。無論如何為我顛倒，但他絕不推翻他的固有的道德觀念。我想要再深進一步去蠱惑他卻有點不好意思了。不問結果怎樣，我只想和他演一回像小說裡所述的事實。我要使他降伏在我的裙下。

忽然聽見雞啼了，也聽見火車的汽笛聲，天亮了。

「啊，不覺就天亮了！」他這樣說。

「昨夜的事好像是隔了幾天的呢。」

我不禁慨然。筱橋把窗扉打開，涼風吹進來，我的神志清醒了過來。

「算躲過了！」我暗暗地嘆息。

我忽然這樣對自己說。老實說，我最初對他不過是想開個玩笑的。但過後才察看出自己也不是全無意思。於是愈感著自己是站在危險線上了。

天亮了後，我的心恢復了平素的狀態，嫉妒之念也漸薄減了。到七點多鐘，太陽出來了後，我們各占一張床熟睡下去了。等到醒過來時，已經響過十二點了。吃了午飯，我們由旅館走出來。

七

「我們各自回去吧。我要到N路去買點東西，你先回去。」我對筱橋說。

「為什麼不好一路回去？」

「一路回去怕他們說什麼話。」

我那時候偶然地這樣說了。至於是為什麼理由，到今天我自己也還不明白。其實和筱橋一路回去，或各自回去，都是無大關係的。

「但是，二小姐。」他平時都是叫我少奶奶的，此刻忽然叫我小姐了，「我們還是一路回去的好。」

「那也可以。」

我立即答應了他。我們的汽車趕到家裡來時，家裡的人們盡跑了出來。

筱橋的哥哥伯良，也在裡面。

「你真是萬分荒唐！」伯良流著淚罵他的弟弟，「為什麼不打電話回來？」

「嗯。」筱橋隻手摸著額角不再辯解。

「這罵不得筱橋君，是我不許他打電話回來。」我微笑著對伯良說。

「啊，啊，不過，少奶奶。」他忙向我鞠躬，「少奶奶回來了，很好很好。」

他們盡以驚奇的視線投向我。但我冷冷地不理他們，回到自己房裡來。

乳母抱著彩英過來，阿喜拿出衣服來給我換上。母親和姑母也到我房裡來過，但給我趕出去了。

那天晚餐的時候，大家的樣子很滑稽。卓民和母親不敢說一句關於我在外面歇宿的事。我也不說什麼。過後不知哪一個提及筱橋的事了。

「他真是個好人，又誠懇，又親切，懂人情，通世情，雖然沒有高深的學問，也是一個可敬的人格者。」

我故意這樣地稱讚筱橋，卓民聽著，臉色很難看地不說一句話。

「你的話不錯。」

父親微笑著伸出左手抹了抹他的鬍，右手拿筷子夾了一個荷包蛋過去送進口裡去了。父親對於家裡的風波還是一點不曉得，他以為我昨夜是歇宿在姑母家裡。

「大家一同吃，飯菜也比一個人吃時有味些好吃些。今晚上再叫個拉戲的來唱唱好不好？」

七

「我頂贊成！」我搶著說。

「只有你是我的知己啊！他們一點不懂此中味道。」

父親看著我微笑。我更覺得父親可憐，受了他們的欺弄。

吃過了飯，我抱著彩英到筱橋房裡來，看見伯良正在懇切地與他的弟弟說話。

「少奶奶。」伯良向我鞠了鞠躬，「請准我的弟弟辭差吧，望少奶奶開個恩。」

「為什麼事？」我反問他。

「托府上的福，我做了科員了，養得活我的弟弟了。」

「那不能夠。筱橋君走了，我不習慣。」

「但是為弟弟的前途計，今後要他……」

「他的事情我負責好了。現在家中可以和我商量的人只是一個筱橋君。他走了，我也只好離開這家屋。」

「那真……可是……」

伯良對於這件事像難於對付般的，嘆了口氣。

「所以我再不跑出去了。以後再不出去了。但是要留筱橋君在這裡。」

「謝謝少奶奶。」伯良滿額汗了。

當我和伯良說話時，卓民在那一邊院子裡躑躑躅躅，不住地在注意我這一邊。

「他來窺探我了。」我這樣想。

「有話要和你說，請出來庭園裡走走吧。」我對筱橋高聲地說。

我倆走出庭園裡來了。在我腕中的彩英移到筱橋腕中了。我摘了一枝夜合花給筱橋，並且低聲地告訴他種種花草的培養法。

我想我倆的態度給丈夫看見，他會怎樣地猜疑啊。卓民走進廊檐下，盡看著我倆。我們走向南邊，他也跟著走到南廊檐下，我們走向北邊，他也跟著到北廊檐下來。我們躲到後院子裡去，他便站在書齋的窗口監視著我們。我偷看他的樣子，真是可笑，緊閉著嘴唇，額上暴起幾道青筋。

他像一瞬間都不放鬆他的監視，我決意氣他一氣，故意對筱橋表示種種狎昵的舉動，兩個人一同在向彩英調笑。

我盡情地把丈夫戲弄了一會後，才回到寢室裡來。聽見丈夫在我房門首走了幾趟，像想進來，但終不敢進來。我上了床後，還聽見他很情急般地走上走下的足音。我想這才好笑呢！

七

「我對他算復了仇了。」

這樣的狀態持續了許久。母親和姐姐都信我和筱橋有很深的交情了。我覺得我的心理真變化得奇怪，以前只恨丈夫的無品行，傷害了自己的尊嚴，心裡氣不過；並且自己只站在旁邊看，不能說一句話，太沒有志氣了，給家人看輕，十分難堪。但是，假定我現在有了情人，會使母親擔心，會引起丈夫的嫉妒，於是我又覺得以前所受的傷害像恢復了般的。

母親常常告誡我：「你和姐姐不同，你是這家的主婦。看你平日很謹慎，我們可以不為你擔心。不過太多和年輕的男人接近了，怕人家說閒話呢。」

我不否認，因為我想多叫母親擔擔心也好。

「我喜歡怎麼樣做就怎麼樣做，有什麼不好呢？我本來是一個人的，有時候也免不得要和年輕人發生戀愛哟。」

我對母親，無論頂撞得如何厲害，她先有弱點，不敢反駁我一言半語。家庭之中有了這樣的醜事件，母女姐妹間又這樣的參商，哪裡還能夠欺瞞世間呢。

恰恰在這時候，發生了一個很有趣的問題。一天晚餐的時候，父親的臉色比平時歡喜，微笑著摸著長髯，翻去翻轉望我們。

「今天有個好消息報告你們，你們猜猜是什麼消息？誰猜中了，有獎品給他的。哈哈哈！」

「父親又得了文虎章吧。」我笑著說。

「要得勳章，也是嘉禾章，怎麼是文虎章呢？」姐姐這樣說。

「不不不。」父親像小孩子般地搖頭。

「現內閣倒了，父親又有出路了，是不是？」

姐姐繼續說。

「我還出去做官麼？不不不。」

「那一定是買的樂透中了彩。」母親說。

「笑話！你這老婆婆怎麼總是說這樣的笨話？」父親笑了。

七

「××銀行的股票漲了價吧。」

「不，不。不是，不是。」

「那一定是存在美國紐約銀行的款長了利息。」

「哈哈哈！不是那些關於名利的事。」

父親這樣說著，笑得眼睛沒有縫了。他真有說不出來的歡喜。

「柯名鴻快要回國了。下個月底可以到S市。他信裡說是為重要的外交事件回國的，只能停留十天工夫的樣子，就要趕回德國——不，這次是到日內瓦去。他說這次要帶梅筠一同去了。」

「柯有信來了麼？」母親問。

這瞬間，卓民和姐姐以極敏捷的眼色互望了一望。

「這確是個可賀的消息。」

對於父親的喜悅，我若不和他共鳴一下，他一定要驚怪我的沉默的態度了。

「怎麼樣？梅筠？」

父親很得意地向姐姐說，姐姐也微笑了。

「能夠這樣，我就安心了。」母親這樣說。

今晚上只有父親一個人歡樂，比平日多喝了些酒。

「這才有趣喲。」

我回到房裡來後這樣想：「卓民和姐姐的態度怎麼樣呢？他倆能夠乾乾淨淨分手麼？當然，到了那時候，不能由他們不分手吧。不過那個胎兒如何處置呢？」

如果姐姐拒絕再回柯家去，那麼父親一定即刻要問：「為什麼？」

母親恐怕不敢率直地向父親說姐姐已經為妹婿懷了孕吧。那麼姐姐還是非回柯家去不可了。但是，已經有六個月的身孕了，如何是好呢。

「真是罪惡的代價！」

他們三個人處父親和柯名鴻間，真是左右做人難了。那麼，最後只有告訴父親的一法。父親到那時的態度如何呢？把姐姐和卓民趕出去，抑或是父親自殺呢？

像這樣的難關，看他們能夠突破過去麼？這真是比看演什麼魔術還有趣。

由那天夜裡起，他們三個人每天都是偷偷地在商量善後的方法。我只冷冷地但很得

七

意地看著他們。他們並不來和我商量一句話。因為我的確也無能為他們想法，他們也再不至於這樣無恥了。姐姐每天只是哭，不住地哭。卓民近來也自暴自棄，每天晚上只是很遲地帶醉歸來。只苦了母親一個人，一天瘦一天，連陪父親吃飯也怯怯不前了。

時日一天天地迫近了。有一天，母親叫我到她房裡去。我走到母親房裡，看見畫家夫人的姨母和師長太太女教育家的姑母都坐在那裡，連母親三個人在等著我。

「實在是……菊筠兒……」

母親以很溫柔的口氣對我說。「你姐姐的事，我早就想和你商量，不過對你實在不容易說出口，一天挨一天。你想姐姐的身體怎麼樣處置好呢？」

「我還不是一樣地擔心。」

看見母親近來萎靡得可憐，也瘦得不成個樣子了，我再沒有勇氣向她說諷刺的話了。

「不過母親方面打算怎麼樣處置這件事？」

「嗯，我也沒……」

「姐姐，她自己怎麼打算法呢？」

「她說，要來讓他來，什麼都不怕了，她總是說死，死，死，真是沒有法子奈何她。」

「卓民如何？」

「只是喝酒，一點也不能和他商量。」

「照我的意思呢……」

師長太太、女教育家開口了。

「事情太急了，再不好拖延了。最要緊是先送梅筠到香港去，對外面說是因為身體不好，要到暖地去避寒，這是第一步的方法。第二步是她的大肚子絕不能給柯名鴻看見，要等梅筠在香港慢慢地輕身了後才送到柯家去。對名鴻只是說，等梅筠身體好了，我們會派人送她到德國去。」

「祕密不叫柯名鴻曉得麼？」我這樣問她們。

「是的。」

「偷生了孩子過後，當作沒有那回事般地回到柯家去麼？」

七

「是的。」

「這樣幹嘛？」

我盡望著這位有身分的師長太太兼女教育家的姑母，不轉眼地看她的臉。她像看出了我的不表同意的神色，便附加說明了。

「為要保持我祝家大世家的體面，就連對你的父親也要守祕密，不好告訴他。」

「除這樣做以外，再沒有別的好方法了吧。」過了一會，她再加申明。

「啊！那麼，生下來的小孩子呢？」我冷冷地笑著問她們。姑母，姨母和母親彼此互看了一看各人的臉，沒有話說。她們三個人一定先商量了什麼事體，看她們的樣子很難向我說出口般的，當下我這樣想。

「小孩子如何處置呢？」我再問她們。

「所以要請你來商量，要問明白了你的意見後才好決定。現在是……」

姨母的眼睛，什麼時候看去都是潤溼著的。她像怕我看見她的臉，盡低著頭說：

「也想了一個方法，不過……」

「什麼方法？」

「梅筠能夠流產，是再好沒有的。不過這是難料得準的事。」姑母這樣說了。

「沒有什麼別的疾病不會流產的吧。」

「也託過醫生來，不過都說胎兒大了，不容易了。」

「啊呀！」

我吃了一驚，不覺高聲叫起來。墮胎！這些人在商量為姐姐墮胎！

這是一件怎麼樣的事情啊！墮胎！有許多女人稍為不慎，一失足之後，就引起了種種的難題，於是不能不犯這個罪惡。這在道德上可以輕輕看過的問題麼？啊！墮胎！小孩子何罪！

這真是一件悲慘的事。世間有種種的罪惡，我也聽見過。不過這個祕密的罪惡，在我確是此時才初聽見。這真是由罪惡再產罪惡了。由通姦而至於妊娠，由妊娠而至於墮胎。罪惡的代價真夠他們擔負了！

與其說是姐姐可憎，寧說她是可憐了。這完全是卓民害了她的。為卓民，她要犯種種的罪惡，要受種種的刑罰。姐姐雖然有過失，但她受夠了刑罰了。試翻轉來看看罪魁的卓民的狀態怎麼樣呢？他一點沒有痛苦，他還是一樣嫖娼，一樣喝酒。受罪的只是女

七

性，男人還是逍遙法外。我想到這層，胸口像燃燒起來般的，痛恨丈夫了。

「若施了手術又容易洩漏到世間去，那更不得了。醫生也不很贊成這樣做。」

姑母這樣說了。這位女教育家平日開口道德，閉口道德的，並且常常提倡母性愛，提倡保護兒童；但是今天她竟主張要去活活地滅死一個生命。我真感到一種滑稽和恐怖。

「那打算怎麼樣呢？」

「不能打胎，只好讓她平平安安地分娩了。」

忽然說施手術打胎，忽然說叫她平安分娩，假定姐姐腹中的胎兒有知，聽見時，如何的難堪喲。雖然說是罪的種子，但也是一個生命，在母親腹中，拚命地想成長起來，不久就會成為一個人的。你看她們在商量些什麼問題？她們是在討論殺死他好呢還是讓他生存？我並不是在道德上責備她們，我只是鄙視她們的劣根性，為要保持家聲，為要躲開世間的惡評，便不擇手段去犯罪亦在所不惜。像這樣還算得是有心腸的人麼？

「分娩了後又怎麼樣？」

我再問她們，她們也再互相望了一望，一刻沒有話說。

「生了小孩子不能回柯家去了。」母親像要哭了般地說。

「那自然喲。到那時，梅筠一生也再不能抬頭見人了。」姑母這樣說。

「貼點錢，小孩隨便送給人家，是有人願意領去養的吧。」母親跟著說。

「但是送給別人家，遲早要給世間曉得的。你盡囑咐他們要祕密，他們還是要洩漏出去的。等到那個小孩子長大了起來後，也還是有問題的。」

「所以不能隨便送給一個普通人家。」

「這確是要留心的。有親戚能夠領去養育就最好。」

「我本來可以領過去，不過年紀老了，說生了一個小孩子，反轉會使世間的人疑心。」姨母這樣說。

我這時候覺得她們是在故意做謎語給我猜。不能送到世間的平常人家裡去，姑母和姨母又不願意領去養育，那麼處分這個嬰兒只有一條方法了，即是把他殺死。如果又不能殺死他，那麼知道此中祕密的，除她們外只是我一個人了。我想到這裡，不禁顫慄起來。

「如果不是卓民的兒子，那麼菊筠可承認過來養育的。為要給姐姐生路，我想菊筠

七

也是情願擔承這個責任的吧。不過有卓民的關係，再來求你，未免太對不起你了。」

姑母很留意我的神色，盡看著我的臉這樣說。

「你們想叫我冒死做這個嬰兒的母親麼？」我問她們。

「不是的，我們哪裡敢這樣想。雖然說是為救姐姐，但也不能盡叫你犧牲。」

姑母說時，對於犧牲二字，特別說得起勁。她繼續告知我，有一位牧師的太太，因為丈夫和家裡的媽子發生了關係，生了小孩子，她不等丈夫來商量，自己給了那媽子許多錢，叫那個媽子走開，把小孩子抱過來自己養育，對人說是自己生的，以保全丈夫的名譽，既是保全丈夫的職業，也是保全自己一家人的飯碗。她說了後，又再三稱讚那個牧師太太的賢惠。

「像那位牧師太太，誰不佩服呢。女人會嫉妒，那是當然的事，不能有什麼批評，不過為保全丈夫的名譽，為保全一家的名譽，不能不隱忍以盡妻子的責任。長年到晚只是和丈夫吵嘴，只是把家醜外揚出去，這還成什麼事體？丈夫比自身重要，家聲更比自身重要，只有能忍耐辛苦才算是女性的美德，才算是有真正的愛。像那位牧師夫人真足為我們女界的表率。」

我聽見女教育家的這段演說，兩隻耳朵像快要冒出火來了。心臟也像晨鐘般地翻動起來了。

「好的，你們要我承認過來撫養，我就承認吧。」

「不過菊筠侄女，……」

姑母想繼續說教，我忙抑住她，不叫她再往下說。

「我可以承認，我可以負這個責任，不過我不能不先向大家申明一句，我不是女教育家，也不是牧師的夫人，更不想做賢母良妻。你們平日開口道德，閉口道德，開口慈愛，閉口慈愛，但是對於這個問題，卻又和你們平素所主張的不同了。主張墮胎，主張偷產，到最後要給丈夫和姐姐凌辱夠了的我來接養這個嬰兒！只要家聲能保持，就叫我死也在所不惜！並且還要說風涼話，什麼能夠忍這樣的恥辱才可以做婦女界的表率。我是不想做婦女界的表率的，我只是看見你們太卑劣了，才挺身出來保護那個嬰兒！至於他是不是丈夫和姐姐間的私生兒，我倒不管。無論如何犯罪的人是他們，嬰兒是純潔的，無罪的。你們對於這個一天天地想生長，想到這世上來的胎兒，討論了些什麼計劃來？試捫心問問你們自己的良心！家聲固然重要，家庭的禮教家庭的風紀便可以一點不

七

顧麼？你們不是常日鼓吹家庭禮教的麼？姦通、偷產、墮胎，對於家庭的禮教要發生怎樣的影響啊！女教育家，你們只圖塞世間的口，對於真的重要的問題卻一點不顧及。什麼禮教，什麼教育，可以暫時不說，你們不都是賢母良妻麼？但是你們的計劃比惡母劣妻更要殘酷更要卑鄙。所以我只好挺身出來擔這個責任，救這個父母所不承認的無罪的可憐的嬰兒。生下來後，對世間對社會我就承認他是我的嬰兒吧。由今日起，等到他產下來為止，我可以拿一個小布枕縛在我的肚皮上；你們快去向社會報告說，我已經有幾個月的身孕了。那麼你們也可以安心了，不至於天天晚上在夢中著驚了吧。你們想，這是如何滑稽，如何有趣的事啊！哈！哈！哈！真滑稽，真滑稽！真有趣，有趣！」

我的話真是針針見血。一語一句盡是很銳利的，從肺腑內迸發出來。

「菊筠，你不要太激動了。你要鎮靜一下。」

母親急起來了，這樣說。

「這並不是勉強你要這樣做的，不過請你來商量一下。」

姑母有些生氣了，這樣對我說。

「我明白了！我明白了！」

我的氣漸落了，我只高聲地笑了出來。

「哈！哈！哈！」

這是像洪水湧了起來般的笑聲。她們三個人擔心起來了，都走近我身旁來。

「菊筠，你鎮靜一下吧。」

「哈！哈！哈！哈！卓民和姐姐在隔壁房間盡情地享樂，我在這間房裡要為他們在肚皮上縛小布枕，這才算是有賢母良妻的資格。賢母良妻的本領就只是在能夠縛小布枕在肚皮上，佯裝有孕。哈！哈！哈！哈！小布枕與賢母良妻！……生下來的兒子就算是我的兒子，在戶籍上，說它是彩英的弟或妹，報告到公安局裡去，那就一家圓滿了，你們的目的也算達到了。

我可以答應你們，我負責承認就是了，我可以撫養那個嬰兒，你們不要擔心了。」

給我如何地辱罵，如何地冷嘲熱諷，姑母、姨母和母親絕不敢反駁我半句話。她們的確是賢母良妻了。她們能隱忍這樣的侮辱，才可以保持家聲，才可以欺騙柯家把姐姐送過去，這是她們所謂真正的忍耐之德。

我由母親的房裡走出，回到自己房裡來了。一時不能鎮靜，這時候卓民忽然以很謹

七

嚴的態度走了進來。

「剛才從母親那邊聽見了，知道你能夠像上帝一般地寬大恕人，真叫我感服極了。真對不住你了，真對不住你了。你的恩，我終身不會忘記。」

他這樣說著向我鞠了幾鞠躬，就端端正正地坐下來。

「你是來回禮的麼？」我問他。

「不算得什麼回禮，不過……」

「為什麼事要來回禮？」

「因為你救了我……」

「我救了你？」

「是的。」

「我救了你？」我重問他。

「真是全靠你，產下來的嬰兒你能夠承認是自己的兒子那就萬事圓滿了。」

「因為這樣，就歡喜了麼？」

「當然歡喜，真是再生之喜。」

「這樣歡喜麼？」

「當然。」

「原來如此！」

我的頭腦像給暑天的太陽晒熱了後的身體又急鑽進冰窖裡來忽然打起冷顫來了。這是什麼道理，我到今還不明白。總之，在那瞬間我確像發見了什麼東西般的。

「你當然喜歡吧。不過我絕不是因為要救你才撫養那個小孩子的喲！」

丈夫愕然地抬起頭來盡看著我的沉痛的臉。

「那你為什麼呢？」

「因為我想要這樣做，因為我不能不這樣做。」

「為什麼？為什麼非那樣做不可？」

「因為我有惻隱之心，在我未生出來以前我已有這樣的惻隱之心。譬如我們看見可憐的叫化子，我們自然會給幾個銅板給他。我所以答應撫養那個小孩，就是由於那種惻隱之心。我並不是認識那個叫化子，也不是和那個叫化子有親戚的關係，他和我完全是

七

漠不相關的人，但我還是不能不給銅板給他。這是何緣故呢？這是不忍看見他可憐的緣故。所以我並不是愛那個叫化子，不過是對可憐的人們表同情罷了。」

「那你當我是和叫化子一樣了？」

卓民憤然地說。

「是的！你比叫化子還不如！」我冷冷地微笑著說，「雖說是叫化子，也有不一定要向人討錢的。你總是問為什麼，為什麼！你們為什麼又要像叫化子引人的同情般地專去利用他人的惻隱之心，故意發出一種哀音去向人乞憐呢？剛才母親和姑母的態度就是叫化子的態度喲！她們以種種可憐的口吻來挑動人的惻隱之心。我之所以允許收養這個嬰兒，完全是受了她們三個人的可憐的樣子的誘惑，本自己的良心去做的，並不是要救你，也不是想救姐姐，更不是想做賢母良妻。我真是一刻間出於一種同情——像給銅板給叫化子般的同情，自告奮勇去做的。至於對不對，當時我完全沒有加以思索。但此刻想來，我是答應錯了。我不該答應她們我負責撫養那個嬰兒的。」

「為什麼？」

「又是為什麼了。這不是很明白的事麼？因為這不過是助長你的惡德！豈不是錯了麼？你想欺騙那個嬰兒。使他一生不認識他的母親，這豈不是罪上加罪麼？試問問你的良心過得去麼？但是看你剛才的樣子，不但沒有半點難過，反為喜歡，來向我道謝！」

「不要盡講道理了，道理是講不盡的。菊筠，我今日給你感動了。從前的一切迷夢今天才醒轉過來。你這美麗的心使我得著再生了。」

「你說些什麼話？於你有利，於你方便的時候，你就說感謝，說好話。於你不方便，於你無利的時候，你便害怕我，遠離我了。」

「你還不能恕宥我麼？」

「是的！恕宥了你，你更方便去枉作枉為了！不恕宥你，你便置之不理。照這樣看來，你何嘗是真的悔悟！因為姐姐為你有了身孕，你受了苦痛，才說悔悟。假定姐姐沒有妊娠，那麼，你無論到什麼時候也不會悔悟的。你的所謂悔悟，所謂感謝，完全是以利己主義為出發點說出來的。至於我這方面，不論如何受苦，如何受侮辱，連做一個女子的體面終於不能維持，你也半點不感痛癢，完全無關心的！像那樣時候，怎麼又不想一想我的存在呢？」

「不要再這樣攻擊我了。我已經悔悟了，以後再不敢了。」

七

「悔悟已經遲了！」

我這樣說時，心中有說不出來的悲痛，眼淚幾乎要奪眶而出。「那要怎麼樣才好呢？」

「我和你兩人間的距離隔得很遠了。」

「還不算遠。我已經這樣地接近來了，不難恢復從前一樣的親密。」

「不能恢復了！」

「為什麼？」

「盡說為什麼，還不是一樣？」

「但是我請求你恕宥我！」

「恕宥你！你算是完全和我沒有關係的人了，我可以恕宥你。如果我還當你是我的丈夫時，那我不能恕宥你。」

卓民沒有話了，盡凝視著我的臉。他臉色蒼白，身體不住地在顫抖。

「我真不明白你的意思。」

「因為是利己主義，利己主義者絕不能了解他人的心的。」

「但是……」

「不要多說話了。請你出去吧。」

我決絕地對他說。

「但是，現在一切可以……」

「請出去！我已經不是你的什麼人了！」

「那沒有法想了。」丈夫立起身來了。如果丈夫不再說什麼話就走了時，我也不會有日後的墮落。在這時候是我的一生的最重大的分歧點。

才立起身來的丈夫忽然跪在我面前了。

「但是，菊筠，那個嬰兒你是負責撫養吧。」

「答應了人的，絕不背約。」

「那麼，我安心了……」

卓民的態度忽然輕鬆了下來般地想走出去了。

七

「你等一下……」我叫住他，「你這個人真卑劣哟！一點沒有丈夫氣！」

「什麼事？」卓民像不了解我的意思。

「你自己想想看，你心裡只是擔心沒有方法處置那個嬰兒。嬰兒有辦法了，你就不管這個菊筠了。」

卓民不再回答什麼話，就走出去了。我真覺得還沒有罵夠，想再去痛罵他一頓。

「他心目中是沒有我了。他只當我是一副處置那個嬰兒的機械。」才冷靜下去了的心又猛烈地熱了起來，愈想愈氣不過。我的雙頰也登時通紅了。

「啊！我中了他們的計了！因為我有一點點的惻隱之心，因為看見他們卑劣而憤懣不平，不知不覺承擔了自己不願意犧牲的犧牲。」我的失望，我的悲恨，我的憤怒，一切的感情使我動搖起來了。波濤澎湃般的血潮追著我坐立不穩了。我走出來，就到筱橋的房裡來了。

「筱橋君請你替我想個辦法。為我……」我伏在他的桌上痛哭起來了。

「又出了什麼事，少奶奶？」他問我。

「我再不能在這家裡住下去了！我要出奔了！我要……」

我這樣說著時，母親和姑母聽見了，都走過來了。我愈哭著鬧，神經就愈激動。我的確是患了歇斯底里症，不過在那當時自己不覺得它是歇斯底里症。患了歇斯底里症才會那樣的鬧起來，才幹得出那種非凡的事來。

我也顧不得害羞了，我向他們大罵起來了。單是罵還不能使我氣平下來，還想鬧點事情出來難為他們。報章上不是常常有這種記事麼？婦人們常用自殺去恐嚇家中人，弄到後來，面子上下不去了，終於自殺了的例子很多。我此刻即是屬於此類的婦人了。

因為我太鬧得厲害了，弄得他們沒有辦法了。本來他們都沒有向我說話的資格。他們只怕我鬧凶了，給父親聽見了不得了；到後來，母親主張委託筱橋一個人來勸慰我。

「我不能夠。我有什麼辦法呢？」

筱橋這樣說，但母親盡懇求著他。

「我們走吧。我們走吧。」

他們走了後，我這樣對筱橋說。

「少奶奶要出去，我就陪少奶奶出去。」

他深知道我激動極了的時候是不好抵抗的。我和他一路出來了。

七

「到什麼地方去好？」我問他。

「到什麼地方去好呢？」他當然沒有主見。

「到你哥哥家裡去吧。」

「好的。那很好。的確，只好到他那邊去。」

他贊成了。他穿的是一件淺藍色的自由布長衫，戴一頂麥草帽。

我們走到伯良家裡來了。伯良出去了。

「稍為休息一下，他快要回來的。」筱橋這樣說。我們走上伯良住的小亭子間裡來了。在這裡，我詳詳細細地把今日的事情告訴了筱橋。

我坐在一把籐椅子上，他坐在他哥哥的床沿的一隅，雙手按在膝上，恭恭敬敬地在聽我的說話。我們間不滿兩尺的距離，我每說一句話便嘆一口氣。筱橋像聽得熱心了，漸漸地坐近我的身旁來了。

「那太不近人情了。天下哪有這樣欺人的！」

這是他的共鳴。我的話大體說完了。他低著頭沉默著。最初我疑心他是在思索什麼事體。但過了一會，看見一滴一滴的粗粒的眼淚落在他的膝上了。

「像他們那樣的無理的要求，是不能答應他們的。」他很決絕地說。
「為什麼他們總是使你吃虧？像這樣，少奶奶的境遇的確是太慘了！」
「所以我也不能不另為自己打算。我是受了所謂道德的壓迫。」
「少奶奶！」他帶哭音地說，「少奶奶不該生在大世家裡的。」
「你的話的確不錯。」
以後我們間無話可續了。看見筱橋為我灑了同情之淚，我的心也漸次輕鬆起來。接著是起了一種寂寞的悲哀的心情。我想，自己真是無路可走的人了。
「一家人都恨死我了。母親，姐姐，卓民，姑母，姨母不是恨我就討厭我了。」
「因為少奶奶是正人，邪正不能兩立，邪人都是怕正人的。」
「真的，惡人是庇護惡人的。」
我們又沉默了。以前我用了種種的手段去難為他們，現在他們以加倍的苦痛加到我身上來了。到了此時，愈覺得自己的孤獨。我的四面都是敵人了。對我表同情的，目前只有筱橋一個人了。於是我十二分感激他。
在這世間為我流眼淚的男人，只有他一個人。

七

我的無所歸依的靈魂，除跟著他走再無路了。我的孤寂，我的哀愁，也像只好向他求安慰了。我伏在案上嗚咽地哭起來了。盡哭盡哭，都哭不夠，愈哭眼淚也愈流不盡。

筱橋坐在我的身旁，只痴望著我的側臉。我埋首腕中，再沒有勇氣抬起頭來了。

「少奶奶！少奶奶！」

聽見筱橋在顫聲地叫我。聽見他的聲音，不知是什麼道理，我一時身心都起了一種奇妙的顫動。自己確希望著他有那種表示，但又怕他真的對自己有那種表示。我再次聽見他叫我時，我便聞著一種男性所特有的有刺激性的氣味。我三個多月不曾接受這樣的氣味了。我沉默著去領略這種氣味，同時全身也發生了一種熱力。

「少奶奶！少奶奶！」

第三次聽見他這樣叫我時，我大膽地伸出左腕來攬住了他的頸項了。他便像小孩子般地伏在我的胸懷裡來了。他的心的鼓動很明了地可以聽見。他像在沉醉於我身上的香氣。

「我真想死了！死了倒乾淨。」

「少奶奶死時，我也跟少奶奶去。」

他像下了決心般地這樣說了。這是他驅使著全身的勇氣說出來的。

我此刻才知道他是在戀愛著我。但是，從什麼時候起對我發生了戀愛呢？最初，他只是和平常人一樣地尊敬我，其次對我表同情，又其次是為我對家人們抱憤慨。但他還是看我像天人般的高不可攀。在W海岸旅館的那晚上，我略對他表示了態度後，像有種種的刺激煽動了他，使他陷於深深的戀愛中了。到後來他才知道對我並非全然無望。

或許他早就愛上了我的，不過因主僕的關係貧富的懸隔，使他不能不把他的戀愛隱藏著。到了今日，給四面八方的敵人包圍著的孤獨的我倆相對流淚時，主僕的懸隔，階級的差別自然地完全消滅了。我倆變為同志了，共患難的戀愛同志了。

平素性格沉默而遲鈍的他，確像一把久藏在鞘中的利刃，一經拔出，就非見血不止了。他像利刃般地以全身的熱情向我的冰冷的微弱的心灌注。我真沒有預期到他對我竟有這樣熱烈的急速的表示。他知道我不會拒絕他了，我終於允許了他的要求，給了他一陣狂熱的親吻。

當我埋身在他的懷抱中時，我低聲地對他說：「往後我倆過我們的有意義的生活去吧。」

七

八

通姦！這是何等難聽的名詞喲！縱令說丈夫已經不愛我了，我這身體可以自由，但是罪還是罪，不能說丈夫犯了罪，為妻子的也就可以犯罪。通姦還是通姦，我承認我犯了罪。我的罪是百辭莫辯。

但是凡是犯罪的人誰都會感到罪惡的恐怖。既然感到恐怖，為什麼又去犯罪？我不歸咎丈夫，不歸咎姐姐，也不歸咎母親，因為歸咎他人並不能輕減自己的罪惡。

丈夫犯罪，叛背了我是一件事，我犯通姦之罪又是一件事。兩不相關，絕不能以丈夫有罪便可以輕減我的罪惡，這是很明白的。但是我總有一個偏見，即是丈夫犯了罪，我的身體是自由了的，和筱橋發生關係是尋常的戀愛事件，算不得是通姦，更不成其為犯罪。不但如此，更進一步，我以為和筱橋發生關係是向丈夫復了仇，心頭感著一種不可言喻的痛快。像這樣的心情，絕不是法庭的裁判官，報館的淺學無知的記者所能理解的。

八

由我和筱橋的關係，我和丈夫的罪可以互相抵償，彼此宣告無罪，是在犯罪之後才覺著的。復了仇般的一種痛快也是在犯罪之後感著的。犯了罪之後，為自己的罪辯護，為撫慰自己的良心，才發見了一個口實，即：「這是一種復仇，並非犯罪。」我絕不是先想要這樣復仇而去犯通姦之罪的。本來我犯通姦的罪絕不成其為復仇的意義。我之犯罪，完全是由我的感情自然湧出來的。我不躲避責任，我不過想把我的犯罪的路徑前前後後說出來給大家聽聽而已。丈夫、姐姐和母親的不正的行為刺傷了我的心，姑母們的賢母良妻主義挑撥了我的反抗，加之女性共通的嫉妒燃燒壞了我的肉體，於是我的自重心，我的尊嚴根本地推翻了。挨不過每天每天的苦悶，遂越出常軌而自盡享樂了。

我絕不為自己辯護。如果想辯護，我還是有理由可以為自己辯護。可是關於我和筱橋的關係，滿城的報章都同時提起筆桿來向我一個弱者的女性攻擊。你們看，他們代表輿論的做民眾的喉舌的主筆先生們，真是勇氣赳赳啊！但對於有兵力有財力的當局則卑躬屈節不惜昧良心去歌功頌德！你們看，他們是如何的有人格喲！像這些人當然不會理解女性的心理，更不會知道人情的式微。他們只就事實的外表加以批評，對於人情是不稍加探究的。他們所根據的標準只是道德。他們以為道德是千古不變的。縱令道德是鐵製的尺度，有時也會毀壞。何況人生並不是一無變化的東西！人情的波動真是千變萬化，想拿鐵製的尺度去測量，是何異於想用筷子去夾活的泥鰍呢？

報章對於我和筱橋的關係批評說，是家庭的罪惡，要這樣說也可以說得過去。又有說是丈夫的罪惡，這當然更說得過去。有些知名的女子教育家們卻異口同聲地攻擊我，攻擊得極其厲害，說我沒有半點修養，說我思想過激，說我忘了婦道，說我無隱忍之德，說我賦有淫奔的性格；我聽見唯有好笑！

他們無論如何地批評我，如何地非難我，我都當作耳旁風，置之不理。不過我要向大家申明一句話，即是：我是人類！

悲慘的時候誰不會哭，喜歡的時候誰都會笑。既然是人類，就不免有感情。感情之浪比海浪更富於變化力的。感情又像是面鏡子，環境不同，其映於鏡面的也就有變化。我在小的時候，父親曾講過「重修岳陽樓記」給我聽。范仲淹真會寫景，他寫受著天氣之支配的洞庭湖的景色，真是變化無窮。他說：「……巴陵勝狀，在洞庭一湖。銜遠山，吞長江，浩浩蕩蕩，橫無際涯，朝暉夕陰，氣象萬千……」

的確，人的感情也是和景色一樣，氣象萬千。他還說明雨天和晴天的湖面的景色不同，因之影響及於人的感情；即人的感情因湖面的景色不同而生極大的差異。他說：

八

「……遷客騷人，多會於此，覽物之情，得無異乎？若夫霪雨霏霏，連月不開，陰風怒號，濁浪排空，日星隱耀，山岳潛形，商旅不行，檣傾楫摧，薄暮冥冥，虎嘯猿啼。登斯樓也，則有去國懷鄉，憂讒畏譏，滿目蕭然，感極而悲者矣！至若春和景明，波瀾不驚，上下天光，一碧萬頃，沙鷗翔集，錦鱗游泳，岸芷汀蘭，鬱鬱青青；而或長煙一空，皓月千里，浮光躍金，靜影沉璧，漁歌互答，此樂何極。登斯樓也，則有心曠神怡，寵辱皆忘，把酒臨風，其喜洋洋者矣！……」

誠如范仲淹先生所說，人的感情因環境的不同而會發生變化的。感情受了周圍的刺激時，會如何的奔騰，如何的奮昂，有誰能預料得及的！我有感情，何能夠長久抑制著它，何能久堪寂寞？罵我淫奔，罵我無恥的人們真是全無人性的。

在家庭中撒放醜惡的空氣的不是母親和丈夫麼？道德的姐姐終於受了這種醜惡的空氣的襲迫快要窒息而死了。主持筆政者們和教育家們對於這件事將如何地解釋呢？

我和筱橋陷於不義的關係的當日的心情連自己都覺得非常厭鄙。自己更加上一層苦悶了。那種鄙厭和苦悶真非筆墨所能形容。當我倆的達到了最高潮的熱情稍為冷息了些，神志稍覺清醒了些時，我們看見在我們面前的只是無底的暗黑的深淵，我們都顫慄起來了。

事過之後，我倆的擁抱像是出於不得已般的，同時彼此相望了一下，也都在這樣想：「米煮成飯了，沒有辦法了。」筱橋坐起來後，雙手蓋著臉哭起來了。我只沉默著聽自己的心臟的鼓動。

我自己也覺驚異何以竟這樣大膽地幹出了這樣的事來。但是在我倆中，還是我大膽些。擁抱，接吻，撫摸，等等動作都是先由我動手。這因為我是給丈夫和母親訓練過來了的，並且他是童貞，而我不是個處女了。不單如此，我還給一種自暴的反抗心燃燒著。

「這是沒有半點可恥的事，我是給丈夫遺棄了的獨身者了。我倆都是自由之身，你對於這件事可以不要介意。」我重新去擁抱他。這樣說著去鼓勵他。但他只是沉默著搖頭。過了一會，他說：「這完全是我不好……」

「為什麼還說這樣的話？到了此刻，不用說誰好誰壞的話了。我倆就這樣地生活下去不好麼？」

「不。還是我不好。我害了你。我把你陷入地獄裡了。」

八

筱橋臉色蒼白，精神頹喪，雙唇不住地在顫動。我為要勸慰他，更把他抱緊，他埋頭於我的胸坎上了。

每隔約十分鐘，各人胸裡便感著良心的苛責。我們為對這種苛責作戰，唯有再互相擁抱著沉溺於狂亂的性的享樂，唯有在這個時間我們才能夠陶醉，忘記一切的痛苦。但是事過境遷，精神和肉體仍然是沉溺於可詛咒的疲勞和痺麻中了。

黃昏後伯良才回來，看見我們的樣子十分吃驚。同時在他的眉間表示出一種疑惑的神色。

「少奶奶過來了麼？」

他忙向我鞠躬，過後便擺出苦臉對他的弟弟這樣說：「怎麼又出來了呢？」

「有些事情要商量的。」

「什麼事情？」

筱橋很悲楚般地半望著我，半望著他的哥哥說。

伯良像再怕聽由他的弟弟口裡說出來的話般的。

「我們想一同到旁的地方去。」

了般。

筱橋的熱淚撲撲簌簌流下來了。他只說了這麼一句話，胸口就像給什麼東西填塞住

「到什麼地方去？」

伯良反問他的弟弟。一剎那，我看見他的可怕的眼神，我們低垂了頭。

「你又不聽話，鬧出了什麼亂子吧？」

伯良的聲音像利刃般的刺中了我們的心，冷冷的，疼痛的。他看見我們無話可答，發了幾陣嘆息，過後就一句話不說走出去了。我看見也不知如何是好了。但除守沉默再無方法。

「你打算告訴給你哥哥知道麼？」我問筱橋。

「我想要這樣才好。」筱橋抬起青白的臉看我，「無論什麼事情，我不願欺瞞我的哥哥。」

但是伯良不一刻就回來了。他原來是出去買菜的。他買了牛肉，買了雞蛋，買了葡萄酒回來，大概是準備款待我的。他的廚房就在這小房裡近房門的一隅，有一張小桌子，上面安置有一個打氣爐，有碗，有筷，他走過去準備弄晚飯給我吃。

八

「太不像樣子了，二小姐，我這裡碗筷都沒一個好的。」

「如果是特別為我燒菜，那可以不吃，我一點不想吃。」我這樣說。

「不想吃麼？」

他很失望地在躊躇著，不知燒好還是不燒好。我看見過意不去。

「既然買了來，我就領你的情吧。」

「好說……」

他把打氣爐燃著了。他坐在一邊，盡望著那爐火和爐上面小鍋子。

「筱橋，」他聲調平靜地說，「你打算怎麼樣？」

「我聽哥哥的話，照哥所說的那樣做去。你叫我死我就去死。」

「我明白了。對於過去，我不想說什麼話。但是男子漢對於自己的行為是不躲避責任的。你的行為是善是惡，我不敢說。不過我們是頂天立地的男子漢，做事要光明磊落，不可卑怯，不可做事不負責任。你知道了麼？這是我要預先警告你的。」

「啊！實在對不住了。」

「你心裡覺得不好過麼？」

「嗯。」

「你覺得不好過，你就回到祝府去謝罪。如果不會覺得不好過，那就隨便你到什麼地方去。」

伯良再向我鞠了一躬：「小姐你的意思如何？」

「我跟筱橋君一路……」

這樣說了時，我流下淚來了。

「我只覺得對不起你做哥哥的了。」

「那，那，對我沒有什麼。」

伯良還在想繼續說什麼話，忽然聽見下面有人上樓梯的足音，我們三人不約而同地望著樓梯口。卓民走上來了，他睜著充血的眼睛望著我們三人。

「電話，謝謝你了。」

他對伯良說。他的來勢真有點凶，以旁若無人的態度對我們，並且表示出對我們無說話的必要的樣子，他只是向著伯良說。

八

「喂，這些東西到底想幹些什麼事情？」

「我一點不知道。」

伯良很恭謹地說著，拿過一把椅子來請卓民坐。

「太臟了點，對不住。」

卓民用他的左腳勾了勾椅腳，把椅子擺在他以為適當的位置，坐了下來。

「喂，快回家裡去！」

一變平時的阿諛的態度，他想用高壓的手段來對待我了。我沉默著不看他一看，只望著伯良床頭掛的一張相片。相片中人是年約五十餘的老者，大概是他們的父親吧。看他們的父親的體格矮胖，不似他們的。我在這時候眼中全沒有丈夫了。我覺得我獲得了筱橋，更無需要這個丈夫了。人類的心理真是奇怪，一經犯罪，胸度便十分地落著下來了。盡在煩悶，盡在哭，盡在鬧的人是無能力去犯罪的。我和筱橋發生了不義的關係後，我更確實地更明了地下了決心了。我對卓民已無恨也無怨了。他在我已經變為一個漠不相關的人了。

「快回去吧，喂！」

卓民再這樣地催促。

「你是對我說麼？」我反問他。

「當然！」

「我不回去了！」

「為什麼？」

「因為我不想回去！」

「為什麼不想回去？」

「你問為什麼？你是沒有干涉我的心的權利喲！」

「權利？」他反問起我來了，「我是你的丈夫！」

「我不承認你是我的丈夫！」我這樣說。

卓民一時沉默下去了。但他的臉上表示出種說不出來的憤怒之色。過了一會，他說：「為什麼不承認？」

「你定要叫我回答你麼？這也並不是我回答不出來。不過還是不說出來好吧。為你自己打算，也還是不問的好，免得丟臉！」

「那麼，你無論如何不回去？」

「是的！」

「想到哪兒去？」

「還不曉得！」

「那就好了！你這樣說出來了，那就夠了！」

卓民故裝出丈夫的氣概來，擺著架子。因為是當著伯良的面前，他像想叫伯良知道他在祝家是有這樣的威嚴，絕不是個寄食者。他的那種樣子真是掩耳盜鈴的可笑。他再轉問筱橋了。

「筱橋君，你是為保護菊筠到這裡來的，那麼此刻你該送她回去了，怎麼樣？」

「我不想回到尊府去了。」

筱橋這樣回答他。

「你也不回去了？」

「嗯。」

「那麼打算到哪兒去?」

「我要跟著少奶奶。」

平素優柔寡斷的筱橋，我預想不到他在此時竟能夠這樣明了地決斷地回答卓民。

「你自己想，這樣做可行麼?對得住我祝家麼?」

「我辭差就是了。」

「為什麼要辭差?」

「我不能再在府上住下去了。」

「為什麼?你做了不能告訴人的事麼?」

卓民的聲音確在顫動著，也沒有什麼氣力了。他想由這句話去探索我倆間的關係。

但是筱橋不回答了。

「怎麼樣?有什麼不能回我家裡去的理由麼?」

「等我來答覆你好了!」我插口說，「我要和筱橋君結婚了。」

八

「什麼?」

卓民這樣說了後，臉色一刻刻地轉變蒼白了。他的胸中還是全給這種疑塊填滿著，不過他不願相信，他只希望這個疑慮始終仍然是個疑慮，不要變成事實。

「你在說瘋話麼?」

「真有些像瘋話!的確，再沒有這樣瘋的事體了!」我冷笑著這樣說。

「你以有丈夫之身和旁的男人結婚麼?」

「那麼在回答你之前，我先質問你一句!」

我又有點氣惱了。

「你以有妻之身，為什麼又使旁的女人懷了孕呢?」

「男人和女人不能同一論啊!」他說了後，蒼白的臉又像染了朱般地紅起來了。

「那麼，你是承認你自己的無品行無人格?」

「當然!天下的男子盡是這樣的，不單我一個人!」

「那好了!那是你所特有的道德!」我再冷笑著說。

「是的！」他仍然是這樣倔強。

「那麼我告訴你我這方面的道德是怎樣的吧！我對於沒有做丈夫的資格的人絕不尊敬，也不盡做妻子的義務或責任：就是說，我現在是沒有丈夫的身體了，任我給誰人。只要有愛，就是夫妻。節操不是單單一方面守的，要雙方互守。沒有了愛的人，何必勉強住在一起，討厭！」

「為什麼就斷定沒有愛了呢？」

「你總是一個為什麼兩個為什麼地問！胡亂地去探問他人的心事是不該的，是一種失禮，你知道麼？我絕不是說丈夫做了壞事妻子也一定要做壞事去圖報復，不過丈夫已經放棄了做丈夫的資格，和旁的女人發生了關係，那麼從那天起，妻子的身體也就是自由了的。夫妻的根本已經破壞了，做妻子的人不是可以自由走她所想走的路麼？」

「你……」

卓民只說了一個「你」字頭低垂下來，不能繼續說下去了。他的呼吸忽然急起來，他的聲調轉變成重笨而悲楚了。

「我錯了，一切是我錯了。菊筠，因為我激動不已，說了許多無心的話，得罪了

八

你，請你要原諒我。你的精神也像十分激動了，你要靜一靜神，我們回去吧，我倆重新去規定一個新出發點吧。菊筠，今天所以我自己走來，就是為此。我實在不願再去煩托旁的人了。」

「不行了！已經不行了！」

「請你不要說那些氣話了。」

「已經遲了！不行了！」我再這樣說。

「菊筠請信我這一次吧。從今日起，我定痛改前非。」

「不行了！不行了！不行了！我已經和筱橋君結了婚了！」

在卓民真是晴天霹靂，所謂「口張目呆」大概就是形容他在這瞬間的態度了。他心裡像在說：「萬事休矣。」他像硬挺挺地凍僵了的。我當時感著十分的痛快。這種痛快實在包含著各種各樣的心理，這不單是復仇心的滿足，假定一定要加以說明時，可以說是由於自暴自棄地嘲笑自己之心的表現發生的快感。病痛的人不能挨痛苦時，便以反抗的態度緊咬著牙關去忍耐，愈痛愈感著自暴自棄的快感。我的目前的情狀就是這樣的。我的良心苛責著我的陷溺。這是事實。但我不願在丈夫面前把它說出來，因為我覺得說出來於自己是一種奇恥。我以反抗的態度忍耐著這種奇恥的苛責，自暴自棄地，高壓地，並且裝出極堂皇的態度來和丈夫辯駁。因此我又得著第二種勇氣了。

還有一件不可思議的事，即是可恥的事件是該牢牢地隱閉住，不可外洩的。一經把可恥的事告訴了旁的人，自己的羞惡之心便會薄減了。羞恥是女性美的要素。女性由棄卻了她的羞恥那一天始，生命的源泉就破壞了。我如果不把我和筱橋的不義的關係向丈夫告白時，那我，雖在暗地裡為祕密之罪而苦悶，但還可以恢復我的昔日的生活，仍然做名門的少奶奶，或更進一步以筱橋為男妾玩弄之於股掌之上，同時還可以博得世間的稱讚，說我是個賢妻良母，母親、丈夫、姐姐也會十二分感激我而向我跪拜吧。但我不能如一般賢母良妻那樣聰明，利刃一經脫鞘不見血不止了。我犯的罪我非把它告白出來不可。這個告白使我更陷於自暴自棄的狀態中了。即是說，我沒有踏回原有的地位的餘地了。

由這樣看來，良心還是不可靠的。再痛快地說，我從那時起，我就不承認良心的存在了。我不單叛逆了丈夫，更叛逆了良心。凡是主張良心的人，我都向他反抗了。

我這種叛逆果然發生了效力。我看在這世界中一切現象無非如此。假如你主張道

八

理，表示退讓時，那麼非理便向你加緊攻擊了。假如你無理地蠻幹下去，主張道理的人便會為你退縮了。一般信以為可恥的事，我偏把它告白出來，不認為是可恥的，那麼自己不但不會感到羞恥，並且加得了一種強力了。從前卓民對我的態度是這樣的。他公然地行其無恥，公然地把通姦之罪向家人告白，家人無方法可以奈何他，他就是利用這一點來壓制我，使得我沒有半點反抗的餘地。最初，他祕密地嫖娼，在祕密進行中時，他還有點廉恥心，但是回數多了後，他便為自己辯解說：「男人們在社交上不能不如此。」其次又進一步這樣地為他自己辯護了，「凡是男人誰都是不能免的。」

就這樣地做下去，他的羞惡之心漸漸地痺痲了。祕密的就變為公開的了。甚至於和姐姐通姦之後，也恬不知羞，以公然的態度向母親，向我，向家人告白，好像在說：「男人是應該這樣做的。」

你們想想，他的態度是何等的橫暴啊！的確，處這樣畸形的社會中，非橫暴不足以圖存。我果然受了他的橫暴而屈服了。

現在輪到我來取這樣的態度了。我公然地告白我的通姦的行為了。

這也果然發生了效力，丈夫瑟瑟縮縮地完全沒有反抗我的勇氣了。罪惡之力比正義之力強，這真是一種可怕的現象！

卓民等了好一會不說話。但到後來，他為要保持他的給我蹂躪了的面目，故裝鎮靜對我說：「如果這樣，那沒有辦法了。我也不再說什麼話了。我只向你申明一句，你如能悔悟，無論什麼時候回來，我都可以作覆水之收。我相信會有那個時機到來。你是我的正室，這個名義仍然保留著，等你回來吧。」

「正室的名義？」我冷笑了，「我的頭腦不會那樣舊。這時候還會戀戀於正室的名義麼？那才是笑話！」

「那你對於父親和小孩子，作何想法呢？」

「這些姑息的話，請你不要再說了。你何不更痛痛快快地更露骨地罵我為什麼不保全你的體面，這才是你真心想說的話吧！你只要體面能夠保持，什麼壞事，什麼不名譽的事也可以幹的！」

「你這沒良心的人，不再和你說什麼話了！」

「沒有良心是你我同樣喲！」

卓民沉默著立起來，但還盡看著我，臉色和土般的，沒有一點生氣。眼睛裡滿結著血絲。他現在嘗到了戴綠帽子的痛苦了。其實戴綠帽子的痛苦在男女性都是同樣的喲。

他走向樓下去，我免不得回首去望他的後影。我的心頭忽然湧出一種不能言喻的悲痛。

「真是造孽！」

我再望伯良床頭的那張相片。筱橋緊咬著下唇，望著他哥哥的臉。

「筱橋！」伯良喚他的弟弟了，「你不能伴著小姐回祝府去謝罪麼？」

「謝罪是可以的。不過我和小姐至死也不願離開了。」

「那麼我無話好說了。我也只好走我自己的路了。」

伯良立即離開了我們，出門去了。房裡只留著我們兩個人，楚囚相對，默默無言。

「我倆到什麼地方去吧。」我先提議。

「走吧。什麼地方都去吧。」

我倆由伯良家中出來，那天晚上就在從前去過的W海岸旅館歇了一夜。我們的神經還是異常的興奮，尚未冷息，也互感著不安，互懷著憂鬱，視線相碰著時，彼此便低下頭去，在我們間感不到一點新婚的歡樂。我們為消解這些憂悶和痛苦，便整晚地沉溺於擁抱的享樂。

我和他之間的屏障——主僕的關係，貧富的懸隔，完全撤除了。他有勇氣來告訴我，他在許久許久以前就思戀著我，他也常常夢想著和我接近，但他深信在這生涯中是無希望了的，因為他像對天人般地仰望我，只是仰望，高不可攀的；料不到他的夢想竟有實現的一天。他又對我說，得著了我的他，就死也情願了。

我們的新戀一天天地燃燒起來。第二天我們動身到附近各名勝地方去旅行。有時我倆攜著手同走，有時我倆徹夜的談話，由朝至夜，由夜至朝，我倆沒有片刻離開過。但有時也有一種哀愁和痛苦趁隙襲來，在這樣的時候，不問白天或夜裡，我們唯持擁抱和接吻去抵抗它。

「我們的戀愛雖不免有些錯誤，但我們的態度是真摯的。」我盡這樣說為自己辯解。因為我每天定有幾次心裡感覺著不安和苦悶。我真想不出是什麼道理來。我在這時候，我唯有恨母親，恨丈夫，恨姐姐了。

「這是母親造的孽。這是丈夫害了我。這完全是姐姐作祟。」

我雖然想出許多口實來，但是苦悶還是一樣地苦悶。我們的戀愛和性慾以非常的速

八

力平行地發展起來。我們為要消遣我的苦悶，想盡了種種的方法，我們到山中去旅行，到游泳池中去共浴，我們常請同旅館的客人們過來共搓麻將，或到運動場去拍網球。但是這些遊戲都容易使我們厭倦，到後來仍然是感著空虛和寂寞。結果我們更陷溺於性的享樂中了。

筱橋對我的態度也漸漸由敬愛而變為狎昵了。他常對我有自動的狂熱的要求了。到後來，我也撤盡了我的矜持和嚴肅，表示出原始的女性的態度來和他周旋。我終於變為他的情婦了。每顧到自己的低級的舉動及態度，也不免暗暗地羞愧。

不滿一個月，我的錢包漸次空虛了。這並非最初沒有預想到的。但我不願意提出這件事來說，怕它妨礙了我們的享樂的心情。我絕對不向筱橋說，因為知道他無能力籌措金錢的。等到最後的十元快要用盡時，我便對他說：「我們回去吧。」

「回什麼地方去？」他驚著問。

「什麼地方都好，只要是我們喜歡住的。」

「那麼我們回S市去，租下人家的一間房子來同住好麼？」

「好吧。」

「但是沒有錢，如何好呢？」

「總要想方法。」

筱橋的意思是，回到S市去看他的哥哥，或許可以想個方法出來。

我們回到S市，立即去看伯良。

「那個人早搬了。」那家房主人成衣匠走出來對我們說。

「搬到哪裡去了？」

「說是回鄉里去……」

「回鄉里？」

房主人像想著了什麼事體，忙跑進去，一會又跑出來，拿著一封信交給筱橋，那是他哥哥寫的。

我不能在S市住了。我只為你們祝福。最後再贈片言，做事要前後一貫，不可有始無終。

我們讀了這封信，知道伯良的苦心了。他因為怕對不起我們祝家，所以離開了S市。

八

「這又對不住哥哥了。」

筱橋哭喪著臉說。由當茶房起身，勤苦十年，才得到一個科員的位置。但他最終為我們把這個十年辛苦的代價犧牲了。

我們就把這間小房子租下來了。我趕快寫了封信給畫家夫人的姨母。

第二天姨母送了二十塊錢來。

「只這些？」

我問她。我想這一點點錢哪裡夠用呢。

「我也知道你不夠用。不過我們家裡實在再找不出來了。」

看姨母的樣子也很可憐。她的眼瞼不住地在閃動。

「姨母去同母親商量一下好了。」

「不在家裡。等兩三天回來了時，再向她說。」

「到什麼地方去了？」

「帶梅筠到 N 鎮去了。」

「N鎮？到那樣偏僻的地方去幹什麼？」
「那邊有一個有名的舊式穩婆，他們說她的手段很高明。」
「穩婆？S市有多少接生婦，怎麼要到那樣偏僻的地方去請穩婆？」
「是的，那邊的穩婆功夫好些。」
她這樣說著的瞬間，我的眼睛和姨母的眼睛忽然碰著了。
「打胎去的！」我直覺著了。
「她們是做好事去的吧？」
我笑著說。姨母像在後悔不該多嘴把這件事告訴了我。
「我還不是勸他們不該做出這樣可怕的事來。那個嬰兒太可憐了，活活地打死他真是造孽。不過她們說柯名鴻快要回來了，並且肚子也漸漸地大了起來，怕給你父親看出來了不妥當。」
「你們都是大世家的人，才會做出這些好事來。」
我再向姨母諷刺。姨母像敵不住我的嘲笑，樣子很狼狽。她只好提出些旁的話來對我說。她告訴我彩英漸漸地胖起來了，樣子很好看。她又告訴我乳母和阿喜都很勤勉做事，做得有條不紊。最後她問我，想不想看她們。她還說了些關於卓民的話後就告辭回去了。

八

姨母走後，筱橋以悲慘的臉色向著我說：

「你想回去吧？」

「沒有的事。你為什麼這樣問？」

我微笑著問他。

「但是你想回去看彩英小姐吧？」

「想看還是想看，因為是自己的女兒。不過……」

「我害了你了。」

筱橋在不住地嘆息。我怕他疑心我變了心，故意自動地更熱烈地去撫愛他，擁抱他。的確，我也覺著我倆的性生活一天一天地趨於平凡了。為要撫慰他，我對他表示了許多從來連對卓民都沒有表示過的可恥的動作。但過後，愈感著我們的生活的疲倦。

只二十元，當天就用完了。筱橋說要出去找個相當的職業來維持我們的生活。但是我想，他既沒有專門的學問，又沒有特種的技能，能夠找得到什麼好的位置呢？

但是我們都沉溺於新的戀和欲中了。雖然貧苦，也不感到如何的困難。在小說裡頭常常看見有許多戀愛的同志們，死守戀愛神聖主義，向飢寒奮鬥。讀到那些地方，我常常受了書中人的感動。現在我體驗到這種生活了。

「你如果在什麼地方做，我也找一個小學教員來噹噹吧。」

單是這樣的生活的計劃，給我們不少的喜悅。第二天，筱橋為找職業出去了。到了黃昏時分，他精神頹喪地走了回來。

「走了好幾個地方都找不到適當的職業。」他說了後，低著頭嘆了幾口氣。

「怎麼馬上就找得到呢？慢慢來哟。」

我這樣地鼓勵他。又過了一天，他再出去了。傍晚回來就向我問許多事情，他問他走後有來客沒有，有郵件沒有。他又問我是不是整日都在家裡，到外面去過沒有。他就這樣無微不至地來探問我。最後他便會這樣對我說：「你很想回去吧。」

他對我的愛慾像達到了最高潮。他每天晚上對我都有很固執的強烈的要求。當然，我一一順從他，因為怕他多心。但他像還是不能放心，每天仍然是對我尋根問底。最初我不覺得什麼，後來在他的這種狀態中，會悟了他的心事了。他是怕我逃亡，離開他。

八

他常常很冗煩地向我這樣說：「你在後悔了吧？」

「你為什麼盡說這樣的話？我們不是彼此賭過咒來的麼？」

我有點氣惱了，這樣回答他。

「雖然發過誓，但我一點本事沒有，不能叫你滿足。」

「不要說那些話了！不要說那些話了！我不是為求滿足才和你這樣的。我們只要能過有意義的生活，不是什麼艱難辛苦都要挨過去麼？」筱橋又流眼淚了。我感激他的心思，覺得他真可憐。的確，他是怕我逃走，所以急急地想去找一個職業來。

我們的生計一天天地困難了。到了這個狀態，他又說出那樣的話來了：

「我害了你，真對不住你了。」

我們每天只是楚囚相對，說了許多哀慘的話，以後又互相憐惜，互相安慰一回。但這仍無益於我們的生計。我們的生活還是一天比一天慘痛。我此時才想要錢了。此時才知道錢的價值了。因為沒有錢，筱橋才這樣的悲觀。如果弄得到二三千元，我們可以再離開S市，到各地方去旅行。

我想來想去，結果還是寫信給姨母，叫她來。姨母果然就來了。她一見面就這樣對我說：「你母親回來了。看她很忙，事情多，沒有和她詳細談話的機會。不過我對你姑母說了，她答應借錢給你。你試去找她看看。」

我頂討厭的就是這個提倡賢母良妻主義的女教育家。但是受了經濟的壓迫，也不能不忍著恥辱去會她了。我等姨母走後，立即起身走向姑母家裡來。

我按了電鈴，有個女僕出來。她一看見我，一聲不響就翻轉身走進去了。我從前到姑母家裡來過，這個女僕是認得我的。我想走進去，但是姑母走出門首來了。

她是提倡樸素的生活的，所以她常穿粗裙布衫。今天穿的還是樸素的服裝，不過她手腕上和頸項上戴的是什麼東西呢？白金手錶和黃澄澄的頸鏈。她的這樣矛盾的裝飾，正是現代上流社會婦人和賢妻良母們的表現。

她一看見我便這樣說：「關於你的事，我也懶得再說什麼話了。你的父親也薄薄地曉得了。就是卓民也不能為你想方法了。明白地說，是沒有一個人同情於你的了。你想，一個女人沒定性，做錯了事，可怕不可怕？」

「我是什麼事都不害怕的！這算得是什麼！」我這樣說了後，姑母緊蹙起眉根來了。

「你的性格這樣偏執是不對的喲。你的父母，你的親戚都不愛你了，還有誰庇護你麼？」

「我不要誰的庇護！」

「你還盡講蠻話是不對的。菊筠，你要知道，同情於你的只是我一個人了。只有我才想為你想個方法，使你往後能在社會上站足。你自己怎麼樣打算？」

「我沒有什麼打算，我只想要點錢。」

「要多少？」

「愈多愈好。」

「你看，是嗎，你儘管固執，儘管說強話，但要錢時，就來找我了。侄女，你要知道，你的父親和卓民都很氣你不過，說不理你了。他們還能夠給你錢麼？現在就把我的私蓄給點你吧。太多，我是做不到喲。」

姑母伸手進衣袋裡摸了一會，摸出一張銀行支票來。

「這些是我給你的。」

我接過那張支票來看，是「一千元整」。於是我交回給她，凝視著她的臉說：「我不敢收。」

「為什麼？拿去吧。」

「我不敢要姑母的錢。如果這是母親托你交給我的時，我可以拿去。」

因為我認得那家銀行是我母親存款的銀行。母親只貪那家銀行的利息高，不管那家銀行小不小，也不管它靠得住靠不住。至若師長，財政部長，鐵道部長的太太們的款是存貯在帝國主義銀行裡的。假如若用時髦的罪名來加到母親身上去，母親只是不革命。至於匯款到外國去及存款在帝國主義銀行裡的要人們，完全是反革命了。

有一位先烈的兒子，得了國家的津貼，送到美洲去漆了二三年招牌，居然漆成兩個金碧輝煌的字「碩士」了。這「碩士」兩個字是他的父親奔走革命十餘年，後來在廣州為三月廿九日的事變死難流的碧血釀成的。他得了碩士頭銜便忘記了死難的父親了。何以言之呢，因為他的父親是貧苦農工的代言者，而他因為在新大陸住過幾年回國來後，便像他的父親提倡革命般地，東呼西號說：

「要想改造中國的人們喲！你們須到新大陸去吸吸新鮮空氣！你只要去吸吸美國的空氣，回國來後就會變為大政治家、大財政家、大實業家、大教育家。你們如沒有錢，你盡可以向美國借債喲。」

八

當局何嘗是賞識他有學問，有本領，不過看他父親的面子，給個差事給他，讓他陪一班真為黨國努力的要人們吃飯罷了。但他真不自量，以為他是有本領了，自鳴得意。今天想管交通，明天想管稅餉，這些位置是有大宗款項入手的。其他機關絕不屑就。他吸了新大陸的空氣回來，他的頭腦的內容是：Money，Money，nothing butMoney。他並不體念一下乃父為國為民犧牲的精神。錢積蓄夠了還不想做點利社會利民眾的事。所以我的父親常常發牢騷，罵他們這班人，說他們完全是掛著革命的美名，而行其反革命之實。真是封建思想，革命者之子孫不一定是能革命的喲。

所以我的父親又說，「虎父有犬子」這句話的確不錯。

「誰的錢還不是一樣？拿去吧。」

姑母這句話也不錯。現代的新舊軍閥和貪官汙吏，他們拿錢，不是不管誰的，通統拿了去麼。

「這張支票是母親托你轉交給我的吧？」

姑母本來最恨我，最討厭我，但她還要向我賣好，向我示恩，說什麼只有她是同情於我，把私蓄挖出來給我。這個女教育家的虛偽卑鄙，變成了她的第二天性了，沒有救藥了的。

「那也不……你問誰的做什麼？誰的錢不是一樣？拿了去吧。」

我最初就不相信她能夠這樣慷慨，她的鄙吝性是我所深知的，要她拿出一二十元來尚且比割她的肉還要難，她哪裡肯以千元之數送給我——她所最恨的侄女呢？

「你為什麼要騙我呢？」我快想哭出來了，「因為我做錯了事，便和我斷絕母女的關係，是嗎？母親不准我再進祝家的門，所以托你把錢交給我，是嗎？你看你們是何等的無聊，何等的虛偽啊！我做錯了事，要斷絕母女的關係，我一點不爭。但是對姐姐如何了呢？姐姐是個烈女節婦麼？為祝家的門戶增添了多少光彩呢？母親何以又慫恿著她和卓民幹出那些豬偷狗竊的事來呢？」

「你又來了。你靜一靜你的氣吧。」姑母這樣對我說。

「我的氣真不能平靜！」我反抗地說，「你還是和我的母親一樣的虛偽，一樣的卑鄙。你不招呼我進你屋裡去坐，只你自己走出來把錢給我。你不是明明白白當我是個叫化兒麼？我雖然不是像你一樣的賢母良妻，但是有哪一點趕不上你們體面？我絕不會幹出那種事來，互相串通著叫一個女子打了胎，然後又佯裝沒事的把她送到一個清白的人

八

家裡去！」

「你？」姑母臉色蒼白起來了，「不要盡站在那邊亂說話。請進來坐，定一定神吧。」

「你太客氣了！我不敢當！你們聰明些，做了惡事能夠隱藏起來，你們都是欺騙社會的能手。我是蠢笨的人，不會像你們那樣做。算了，再會！我自己才希望和母親斷絕母子的關係呢！你去告訴她吧，我不要她的錢！再會！」

我像做夢般地回到筱橋這邊來。他以極度疲倦的顏色在等著我回來。

「還是找不著職業，真是對不住你了。」

「不要緊，我們還是過我們的幸福生活吧。」

我這樣說了後，再走出來。我的神經極端地興奮起來了。我想最好還是回去把過去的一切經過通統告訴父親，交給父親去裁判。從前我對他們太客氣了，太怕事了，因為怕給父親知道，激苦了他，所以極力地隱忍，就把事情弄糟了。早日告訴了父親解決了，絕不至有今日的結果的。據姑母的口氣，父親像知道了我的事了，那麼我也無隱瞞著父親的必要了。我還是在父親之前，堂堂地和他們爭是非吧。

我叫了黃包車坐著走回到自己家裡來時，是近午時分了，細心聽一聽裡面，真是鴉雀無聲，沉寂若死。門首傳達室也不見一個人影。我按住胸口的跳動，筆直走進裡面來。我此時真是感慨無限的。

我在中廳口看見了阿喜。

「啊呀！……少奶奶！」

阿喜看見我，像驚呆了般的，痴看了我一會後，忽然欷歔起來：「少奶奶！你回……來得……好！啊，少奶奶！我……少奶奶！……我……」

她說了好幾次的「少奶奶！……我……」往後便什麼話都說不出來了。

「老太太呢？」我問她。

「今天是大小姐和柯先生第二次結婚的日子，他們都到柯先生旅館裡吃喜酒去了。」

「結婚？」我駭了一跳，「她結局還是回柯家去了？」

「是的，她很喜歡回柯家去。大家也十分喜歡。」

我再無話可說了。所謂賢母良妻的內幕就是這樣的。她們的方法真是巧妙，她們做

八

的事真是天衣無縫。我才想到姑母手腕上戴白金手錶，頸項上戴黃金頸鏈，完全是為吃喜酒去的。

「那麼，老太爺在家裡吧？」

「老太爺今天有點不好，睡著了。」

我走進父親的寢室裡來了。我覺得自己特地回來，會不著母親、姐姐和卓民，不能和他們在父親面前打家庭官司，有點可惜。但是一面又覺得看不見他們亦是個好機會，可以和父親靜靜地談我的經過。父親坐起來了，坐在床裡看書。他的白髮和從前一樣，但是頸項像瘦了些。我早覺悟到父親看見我定會高聲痛斥的，不能不先鎮靜一下自己的氣，挨過了父親的怒罵後再來向父親慢慢地申訴。我走到父親床邊，態度鎮靜地在一把靠椅上坐下來。

父親先望瞭望我，像不認識，過了一忽，才認識了是我般的，但他不說什麼話，我有點驚異，莫非父親也決意和我斷絕了父女的關係麼？

「父親，病好了些麼？」

「啊，啊，啊。」

父親並不是在說話，只在喉頭響了幾響。

「是你麼？菊兒，你回來和姐姐道喜的麼？他們早都去了。快點換過好看點的衣服去吧。」

給父親這樣一說，我覺得有些「文不對題」，不知要怎樣回答好了。

「父親，你不知道我的事麼？」

「知道，知道。我想起來了。……」父親仰了仰頭說，「你不是和你的姐姐一同到香港旅行去了麼？你們不一同回來，我真為你擔心。卓民也在為你焦急，望你快點回來。快看他們去吧。你的病好了麼？你養病去也不告訴我一聲就走了。你是怕我為你掛慮吧。不過祕密著不告訴我，更會使我擔心的。」我一切明白了。

「他們還是在欺瞞著父親。」

我看見父親的老態，看見他還一點不知道我們間的糾紛，看見他在過他的平靜的生活，我又不忍把一切的事情告訴他，怕他聽見傷心起來，失神過去死了不得了，那才是罪過啊。

我想父親遲早會知道這件事的，不要我親自來告訴他吧。我當下這樣想。

八

「父親拿點錢給我，我要錢用。」

我輕靜地說。

「做什麼用的？」

「想買些東西。」

「啊，啊。要多少？」

「三千也好，五千也好。」

「不好告訴卓民的，是不是？又是買鑽石戒指麼？買鋼琴？」

「兩樣都想要。」

「真沒有辦法。近來用出不少錢了。昨天我買了一幅古畫，又去了八百塊。」

父親把支票取出來，叫我自己寫。我寫了一張五千元的交給父親，按了圖章，就接過來塞進衣袋裡去了。由父親房裡走出，走去看姐姐的房間。專伺候姐姐的女僕，在折疊母親和姐姐的衣服。她們近來像新制了不少的綾羅綢緞、絲光燦爛的服飾。

「她們都穿著靚裝出去赴結婚禮了。」

我由那些光靚的衣服，便聯想到自己和筱橋現住的房子的朽舊，由是聯想到樓下成衣匠的一家。原來在這世界上竟有生活完全不同的兩種人。看見她們新制這樣多好看的衣服，我像受了莫大的侮辱。

「偽善者常常是幸福的。正直者常常是受壓迫的。像這樣全無道理的世界，還能夠讓它存在麼？我是受壓迫受虐待的一個，在這世界上像筱橋一樣貧苦到沒有飯吃的有多少喲！像我這樣受偽善者們的壓迫虐待的又有多少喲！我們都該聯合起來打破這個世界！」

我當下在胸裡發出一個憤焰，這樣地想著。這時候忽然聽見阿喜的聲音。阿喜早就抱著彩英在那邊等著我。各間房門首還掛著綠色的竹簾。但是院子裡已經有幾片半轉枯黃的桐葉隨著初秋之風飛舞起來了。

「你的媽媽喲，彩英！」

我溫柔地把彩英接了過來，對她說。彩英便伸出小手摸到我唇邊來。她像還沒有忘掉她的這個習慣。看見彩英，尤其是看見她的這樣的舉動，我傷心起來了。父親作惡，小孩子受罪。自己所對不住的，只是這個小孩子了。這個小孩子到現在還沒有忘記她的

八

母親喲！母親恨我，姐姐恨我，丈夫尤恨我，只有這個小女兒在天天思念我，望我回來吧？

我們只是以有利於自己的道德論及利害關係去批評他人。但在小孩子，她沒有道德，更無所謂利害。她是天真爛漫，她只有純潔的愛。縱令母親是罪大惡極，但她還是一樣地思慕而不加咎怨的。我和她接了吻，隨後又熱烈地在她的雙頰，在她的喉部接吻。她像感到十分的愉快，笑響聲來了。

「不再到什麼地方去了吧？」

阿喜含著眼淚問我。

「不。我還要出去喲。我雖然走了，留你在家裡，就是一樣。你要好好地看護彩英喲。」

我這樣對阿喜說。阿喜嗚嗚咽咽地哭起來了。

「這是我一生只一回的求你。……不過，我不久也要來帶你們出去的。」

阿喜一一地點頭回答了。我帶著她和彩英回到我自己房裡來了。我把我所有的衣服盡從衣櫥中搬了出來，把大部分分給阿喜。有長的，有短的，有夏的，有冬的，我把它們裝進一個藤箱子裡去，在上面加上一條封皮，在封條上我親筆寫了幾個字：這是我贈給阿喜的衣服，菊筠字。

我再給了一個金戒指給她，替她戴上手指上去時，阿喜放聲痛哭起來了。

「少奶奶，要我去時，請給我一個信，我天天在等候著啊！」我也不免悲傷起來，流了幾滴眼淚。

會見了父親，會見了彩英，會見了阿喜，我再無需留戀了也再沒有想見的人了。我把貴重的衣服首飾裝滿了兩口大皮箱，叫了汽車進來，把它們載上，把大門打得大開，筆直駛出來。那時候的旁若無人的態度，自己都覺得十二分的痛快。家人只望著我不敢說什麼話。假如有人敢說半個「不」字，我馬上就跑去告訴父親，決意和他們大鬧一回的。

陳銘星站在一旁張開口呆望著我走。我叫他到汽車旁來，把分給阿喜的東西和我帶了去的東西詳細地告訴了他，叫他向母親說。到現在我還驚異我自己當日何以竟有這樣的勇氣。我坐著汽車一直先到銀行，把五千元取到手後，才回到我們的寓所來。

筱橋像要哭了般地在等著我。

八

「我們到什麼地方旅行去吧，有錢了喲。」

我裝出歡快的樣子對他說。

「好的，我們走吧。」

我們數日來受經濟壓迫得苦極了。一旦有了錢，又到各處名勝地方去旅行了。換了一個地方又一個地方，住了一家旅館又一家旅館，生活真是極其放縱，通宵沉溺於性的享樂，白天就睡覺睡到十二點鐘還不起身。我們盡情地享樂。從前已經有這樣的經驗了，實在耐人尋味，所以我們更興高彩烈地出發到各地方去。在S市的旅館有時怕遇著熟人，有些不方便，走到各地方，便可以盡情地放縱，一點沒有拘束了。

我的生活如何地放縱，如何地不規則，如何地沉溺於糜爛的享樂，真不是筆墨所能形容。因為我們不如此，便會感著一種說不出來的痛苦。

我們不如此，便要楚囚相對感著一種莫能言喻的悲哀。

我們的戀愛好似超過了最高點了。我常看見筱橋顏色灰暗地在沉思什麼事般的。我覺得自己實在對不住他了。

「因為我誤了你的青春了。」給我這樣說了後，他更加悲痛了。

「你為我犧牲了你的家庭，你棄卻了母親、姐姐、丈夫和小孩子，只換得我一個無用的人，我才對不住你啊！」

我倆的同情漸漸地趨於消極，於是日常的一切事件無一不帶著悲慘的色彩了。每悲觀起來，便勉強去尋覓快樂，愈尋覓享樂愈看見有許多黑影包圍著我們。

「我真不能做些什麼事體麼？在這樣的社會，真無我立腳的餘地麼？」

他一方固然輕視他自己是個無能力的人，但一方又覺得社會之對他也未免太苛酷了。從前他只自恨無能，不敢怨天尤人。現在他覺得他之不能找著職業的原因不單是由於他的無能，像還有什麼特別的原因存在著。因為他近來發見了有許多人坐在家裡不做事而能享極奢侈的生活，住洋房，坐汽車，吃大菜。他漸漸有些對於現社會發生懷疑的話了。有一天，他這樣對我說：「現在的社會之不能容我，恐怕是和你的家庭之不能容你一樣的道理吧。不正的人太多了，正直的人反要給他們排斥出來。我找不著職業，也不見得單是因為我之無能力吧。像這樣大的社會裡，哪裡會沒有一件適合於我的職業呢？我最少是會駛汽車。但是我昨天到了幾家汽車公司去看時，求當車伕的擠滿了一大廳，都是像我一樣的沒有職業的人。公司裡的人說，汽車少了，求職的人太多了，分配

八

不來。……」

筱橋的態度和從前不同了，從前他為他的前途抱悲觀，但是現在他像想著了什麼真理，時時有許多新穎的批評社會的話對我說了。有一天，他忽然地這樣對我說：「還是現社會不好，非打破不可。要把這社會改造，變為我們做主體的社會就好了。」

「什麼道理？」

我驚異著反問。何以這樣駑鈍的他，忽然會說出這些話來。他一定是到外面從什麼地方聽來的。

「你試到江邊海關和匯豐銀行那些大建築物前頭去看看，要夜裡頭去看才知道。他們外國資本家踏進踏出的石階比我們睡的床褥還要乾淨，有些無家可歸的苦力拿他們的扁擔作枕頭，偷偷到那石階上去睡覺，雖然有一陣陣的寒風從江面吹來，吹得他周身瑟縮顫抖，但是他們勞苦了一天，十分疲勞了，也不用洗臉洗腳，倒下去就睡熟了。他們剛入好夢，便有兩三個外國捕巡——其中有個日本巡捕更賣氣力——走了來，用靴尖去踢他們，把他們踢醒了，他們忙起身逃走，外國捕巡們在後頭追著打……像這樣的情狀叫我們還能忍受麼？」

「你去看了來麼?」

「當然!我又不是什麼革命文學家專坐在房裡發空喊,坐享盛名的。我也不像那些野雞大學生,投稿不遂便去報章上罵人,洩私憤。這些都是於自己無益的可恥的行為。」

「你在說些什麼話?莫非發神經病了麼?」

我斜睨著他一笑。但我仍低下頭去,把線結咬斷。因為我在為他縫補舊衣服。

「我恐怕遲早要和你分手。」

他沉默了一會,又突然說出這句駭人的話來。

我再抬起頭來凝視著他:「你到底為什麼事盡在說些無頭無緒的話?」

「不。我有苦衷不能告訴你的。到後來,你也定會知道……至於我非走不可了。和你永別還是暫別,此刻不能斷定,不過我和你的社會地位和身分相距太遠了,同住下去,恐怕不能使你幸福,所以我……」他說到這裡,忽然又流淚了。

我明白他的心事了。但是我已經向他發誓,自願犧牲一切,作一個無產階級的分子嫁給他,他就不該再這樣過慮了。但他近來像異常苦悶般的,有時不分晝夜,在頻頻地

八

嘆氣。

「我也不願意和你離開，不過處在這樣的社會上，我是再找不出出路來了的。盡和你相守著，遲早還是要歸於淪滅。」

他又常常這樣對我說：「遲早有一天的，我們非離開不可。雖然說是有愛，但是能繼續到何時，誰能預料？」

我也覺得我們間會有這樣的運命來臨。看著他天天在苦悶，在嘆息，我自己也苦悶起來了。的確，我也常常思念到彩英的事來。她的圓圓的小手，柔軟的頰觸到我唇邊的剎那的快感，無一不會使我心弦振動。我十分思念彩英，也很想能夠去看她。但我哪裡敢向筱橋說呢？一說出來，他更會疑心我了。

我心裡盡思念彩英，但在臉上不能不裝出笑顏來給筱橋看。我也覺得彩英在我心裡戰勝了般的。關於彩英的事，我真是沒有露半點痕跡。但是筱橋還是像直覺出來了，一天到晚盡是向我說悲觀的話。

「我們還是早點分手的好。在你對我的愛未冷息以前離開，在舊社會不能把你從我手中奪過去以前離開，在這樣的享樂的情熱燒得最盛時離開……」他常常是這樣說。

的確我們雖然互相賭過咒，往後要相守到死，要白頭偕老；但是我們的內心都潛存著一種危懼，即是「大限來時各自飛」吧。我們對於前途也的確沒有過什麼打算，五千元快要用完了，我們對於組織小家庭的計劃都十分冷淡。

回到S市來時，只存五六十元了。在S市外的一家公寓裡開了一間房間，共住下去。在那裡又過了二十多天，我的首飾，我的好的衣服也漸漸當完了。

在郊外的這家公寓是筱橋決定的。近來他常常在夜裡出去，像有什麼祕密事體，要過了一二點鐘才回來。問他有什麼事，他只是支支吾吾的，真令我沒有好氣。白天就睡在家裡一直睡到晚飯時分。

「我們到市內去找一家小房子，搬過去住吧。在這公寓裡太不方便了。」

我向他這樣提議，但他對於組織家庭，態度是很冷漠的。

「那我們永久住在這裡麼？」

「各人走各人的路吧。你回你的老家去吧。」

「你怎麼說出這些話來？叫人傷心。」

「因為我不能不走了，否則唯有死。盡這樣地過活，是不得結果的。快則一二年，遲則三五六年，我們再在新的社會裡相見吧。」

八

又過了一星期。深秋了，霪雨霏霏，有四五天不見太陽了。筱橋昨晚上吃了飯就出去，到今還沒回來。我真有點為他著慌。我想，今天夜裡或許會回來吧。但還是不見他回來。他雖然不回來，但我一時也不能搬到什麼地方去。我想他縱不回來，也定有訊息來給我的。

果然，又等候了五天才接到他由香港寄了一封信來，說他和幾位朋友一同南下，打算到廣州參加革命。他信裡又說他到南方後，決意從軍，因為現代的什麼事件都是靠財力和軍力去解決的。最後他說他深信中國遲早有革命成功的一天，等到那時候，如果兩人未死，再行相見。

環境轉移人的力量真大喲。你們看，遲鈍的筱橋，一年前不是人人都當他是個笨伯麼？但是僅數月間，他的思想竟進步得這樣快，毅然地去做一個革命青年，勇敢地投軍去了。……

我自筱橋去後，由一位舊同學的介紹，到一個僻縣裡去當一家女子師範學校的校長了。我在那裡算暫時得著了安定的生活。我託人去向祝家談判，把阿喜和彩英領了出來，帶到這僻荒的縣城中來共過我們的鄉村生活了。

在那裡當了三年的校長，到第三年冬就卸了事，回到S市來，在中國街裡分租了一間頗寬敞的房子，三人一同安頓下去了。

只三年間，回到S市來後才知道世界完全變了。我從來是不看報的，尤其是到那僻荒的縣裡去後，更沒有看報的機會。有一天，我應同學之約，到她家裡去。她突然地笑著對我說：「你的姐姐現在是外交總長夫人了。你還在鑽營當小學教員麼？不如到京裡找她去，叫她替你薦一個好位置吧。」

這位同學只知道我和筱橋的關係，而不知道我和筱橋接近的原因，所以當我和姐姐還是有尋常人家姐妹一般的感情。

「做了外交總長夫人，我的姐姐？」我有些驚異，這樣問她。

「你看，這不是麼？」

她說著拿了一張畫報來給我看。果然是姐姐的照片，穿著時髦的西裝的照片，笑容可掬的。旁邊印著一行小字：新任外交總長柯名鴻之夫人。

「光榮！真光榮！只有他們虛偽的人們到處占勝利。筱橋的話還是不錯，現在的社會是黃鐘毀棄瓦缶雷鳴的社會，非根本加以打破不可。」

「兩年前只是個小領事官，怎麼升官升得這樣快呢？」我無意中笑著問那位同學。

「從前的政府倒了。現在是新內閣了——當然，不是像外國般堂堂正正由理論鬥爭得來的，只是用財力和武力去搶過來的——聽說內閣首班和你的姐姐是好朋友。你的姐姐太漂亮了喲。」

那位朋友說了後，向我作一種有深意的微笑。我雖然和我的姐姐早斷了姐妹關係，但是聽見那個朋友說那樣的話，那樣地向我笑，我覺得她的態度有些失禮了。

「的確，你的姐姐真是個 Typical beauty。」

到後來我對於中國的政治漸漸感著興趣了。我每天也看起報來了。我才知道中國有這樣多軍隊，這樣多軍閥，每天是這邊打仗，那邊戰爭，這邊搶錢，那邊殺人。我也漸漸聽見卓民自我走後，姐姐又回柯家去了，便倣法父親，替一個熟妓脫了籍帶回家裡來，頂替了我的位置。父親為我的事已經氣得死去活來，近來看見卓民終日只是喝酒，嫖娼，不務正業，交通部裡的事也早撤掉了，更是氣苦不堪遂於去年冬逝世了。我聽見時，不免傷感起來，覺得自己太對不住父親了。自父親死後，卓民花錢花得更厲害，銀行的存款早用乾了，聽說變賣了不少的不動產，因為卓民每月要萬多塊錢來耗費，每天只是抹牌，喝酒，宿娼，看戲，跳舞，這幾門工作。母親看見也有點忍耐不住了，但不敢直接向卓民發牢騷，只借題發揮，向新娶回來的娼婦發作過幾句。那個娼婦便以更強烈的反動力去回罵母親，終把懦弱的母親氣哭了。母親走去告訴卓民，卓民反說母親是為老不尊。

「不是自己生的，總是靠不住啊！」聽說母親常常這樣地嘆息。

總之，祝家中落得不成個樣子了。自誇為有錢有勢，一時豪華不過的名家，到後來的下場只是如是如是。這是證明中國的資產階級的家庭能續存一代，也不能續存兩代的喲。

過了一個月又聽見了些新消息，就是母親因為在家裡受罪不過，進京裡去靠姐姐生活了。可憐我們的祝家，遂被 Auf hebeu 而變為梁家了。

又過了一個星期，報上居然登出卓民被任為駐某國的公使了。這當然是姐姐向柯名鴻推薦的。聽說關於這件事，母親曾向姐姐力爭，但是姐姐還是未能忘情於卓民，卓民終達到了他的獵官的目的。到了這時候，我不能不佩服姐姐的能力確實高我們一等。像我們這樣淺肚狹腸，這樣率直的人何能幹得大事情出來！要姐姐才有這樣的手腕。柯名鴻真是娶著了賢內助了啊。

由姐姐和內閣首班的關係，柯名鴻做了外交總長；又由姐姐和卓民的關係，卓民也居然外放做某國的公使。你們想，現在的北洋軍閥政府是種什麼東西結合起來的喲！他們在動了，在誓師北伐了，看你們能做官做到幾時！

看見了這許多怪現象，我便妙想天開地發了一個幻想，就是：假如我當日聽卓民的勸告，回家裡去，馬馬虎虎和他們妥協，那麼我今日也是個公使夫人了。由我和筱橋的那種關係，那麼我的筱橋最少可以做一個公使館員——或者當一名參贊呢。哈！哈！哈！

筱橋雖然沒有受高深的教育，但他絕不會幹那樣可恥的無聊的事的！他是在參加北伐的革命，不久就會北上來打倒他們的。

往後我們的運命如何，我們無從預斷。我在這裡，暫作一個結束吧。再會，諸君！

電子書購買

國家圖書館出版品預行編目資料

愛力圈外：上流社會的奇聞醜事，以犧牲為美德的女性悲劇 / 張資平著 . -- 第一版 . -- 臺北市 : 崧燁文化事業有限公司 , 2023.08

面； 公分

POD 版

ISBN 978-626-357-463-2(平裝)

857.7　　112009329

愛力圈外：上流社會的奇聞醜事，以犧牲為美德的女性悲劇

臉書

作　　者：張資平

發 行 人：黃振庭

出 版 者：崧燁文化事業有限公司

發 行 者：崧燁文化事業有限公司

E-mail：sonbookservice@gmail.com

粉 絲 頁：https://www.facebook.com/sonbookss/

網　　址：https://sonbook.net/

地　　址：台北市中正區重慶南路一段六十一號八樓 815 室

Rm. 815, 8F., No.61, Sec. 1, Chongqing S. Rd., Zhongzheng Dist., Taipei City 100, Taiwan

電　　話：(02)2370-3310　　**傳　　真**：(02) 2388-1990

印　　刷：京峯數位服務有限公司

律師顧問：廣華律師事務所 張珮琦律師

定　　價： 330 元

發行日期： 2023 年 08 月第一版

◎本書以 POD 印製

Design Assets from Freepik.com